Marguerite Duras
Véra Baxter
oder
Die Atlantikstrände

*Aus dem Französischen
von Andrea Spingler*

Suhrkamp

Titel der Originalausgabe:
Véra Baxter ou les plages de l'Atlantique

edition suhrkamp 1389
Neue Folge Band 389
Erste Auflage 1987
© Editions Albatros, 1980
© der deutschen Übersetzung
Suhrkamp Verlag Frankfurt am Main 1987
Erstausgabe
Alle Rechte vorbehalten, insbesondere das
des öffentlichen Vortrags
sowie der Übertragung durch Rundfunk und Fernsehen,
auch einzelner Teile.
Satz: Stahringer, Ebsdorfergrund
Druck: Nomos Verlagsgesellschaft, Baden-Baden
Umschlagentwurf: Willy Fleckhaus
Printed in Germany

1 2 3 4 5 6 – 92 91 90 89 88 87

Véra Baxter
oder
Die Atlantikstrände

Vorbemerkung

Ich erinnere daran, daß *Véra Baxter* auf das Theaterstück *Suzanna Andler* zurückgeht, das ich in ein paar Wochen – eine Art Boulevard-Versuch – für meine Freundin Loleh Bellon geschrieben habe. Diese erste Version erfuhr eine entscheidende Veränderung, als ich beschloß, das Theaterstück zu verfilmen: das Auftreten einer dritten Person, die bald »der Gast des Hôtel de Paris«, bald »der Unbekannte« genannt wird. Diese Person hat den Geliebten, Michel Cayre, verdrängt, und er ist zu einer Nebenfigur geworden, so daß die Liebesgeschichte Véra Baxters nicht mehr vor unseren Augen gelebt, sondern von ihr einem ihr unbekannten Dritten erzählt wird. Eine Art Verdopplung des Geliebten, dieser unbekannte Mann? Zweifellos.
Auf der Grundlage des hier veröffentlichten Szenarios *Véra Baxter oder Die Atlantikstrände* hätte *Baxter Véra Baxter* gedreht werden sollen. Wenn die Dialoge auch zum größten Teil diejenigen des Films sind, werden sie hier doch völlig anders aufgefaßt. Und zwar, weil diese dritte Person, die Véra Baxter am späten Nachmittag besucht, ein Mann ist.
Ich habe schon gesagt, wie unrecht ich hatte, ihn im Film durch eine Frau zu ersetzen. Es handelt sich da um einen so großen, so groben Fehler, daß selbst eine Schauspielerin wie Delphine Seyrig ihn nicht wiedergutmachen konnte. Ich möchte nicht darauf zurückkommen, sondern nur sagen, daß diese Version verwendet

werden müßte und nicht die des Films oder jenes ersten Theaterstücks mit dem Titel *Suzanna Andler,* wenn die Geschichte je wieder aufgenommen würde, sei es im Kino, sei es im Theater.

Im Theater müßte sich, abgesehen von der ersten Szene in der Bar, der Exposition, alles in der Villa abspielen, wo Véra Baxter sich verborgen hält. Die Besichtigungen der Villa könnten beibehalten werden. Während sie stattfänden, kämen die Stimmen aus dem *Off* auf die leere Bühne. Die Episode in Chantilly müßte gestrichen werden. Die Veränderungen des Textes wären minimal, sie sollten sich von selbst verstehen, sich vor allem auf den Besuch von Monique Combès und den Spaziergang der beiden Frauen im Wald beziehen. Fenster und Glastüren müßten vorgesehen sein, durch die die Leute hinausschauten, die Parks, das Meer, die Außenturbulenz, den hereinbrechenden Abend sähen.

M. D.

Die Bar des Hôtel de Paris in Thionville-sur-Mer

Drei Uhr nachmittags. Winter. Weißes Licht.
Der Ort ist weitläufig, leer, düster, prachtvoll. Holztäfelung an der Wand.
Durch eine Glastür hindurch sieht man den Hafen von Thionville. Jachthafen. Fischerhafen. Ein Kai. Einige wenige Passanten.
Eine geschlossene Caféterrasse. Wind.
Ein paar Seevögel, weit weg. Das Meer, doch ebenfalls weit weg.
Der Ort ist fast leer. Drei Personen sind da, drei Männer.
Hinter der Bar ein Barmann. Er sieht hinaus, mechanischer Blick.
In der Halle, an einem Tisch sitzend, ein zweiter Mann, er sieht ebenfalls hinaus. (Wir nennen ihn: den Hotelgast.) An der Bar sitzend, mit dem Rücken zu uns, ein dritter Mann; er sieht nirgendwohin, so scheint es. (Wir nennen ihn: Michel Cayre.)
Die Bar: der Ort, der bereit ist, die Geschichte, den Film aufzunehmen.
Tote Zeit, ziemlich lang. Dann das Läuten des Telefons (wie das Läuten im Theater).
Erstes Geräusch am Ort.
Erste Bewegung im Bild, die des Barmanns, der aufsteht und hinausgeht, um abzuheben.

Der Film beginnt.

Der Mann an der Bar, Michel Cayre, wendet sich leicht in die Richtung, die der Barmann eingeschlagen hat.
Ebenso der Gast in der Halle.
Im Off hört man die Antworten des Barmanns.

> BARMANN (*Off*): Nein... sie ist noch nicht zurückgekommen... nein, niemand (*Schweigen*)... keine Ursache... auf Wiedersehn, Monsieur... bitte.

Der Barmann geht hinter die Bar zurück, er sieht Michel Cayre an. Leichte Verlegenheit.
Der Gast hat den Kopf dem Raum zugedreht. Stille.

> BARMANN: Viermal hat er angerufen seit Mittag.
>
> MICHEL CAYRE: (*Pause*) Aus Paris...
>
> BARMANN: Aus Chantilly.
>
> MICHEL CAYRE: (*Pause*) Wo ist die Villa?
>
> BARMANN: In den Parks von Thionville. (*Pause*) Sie heißt »Les Colonnades«.

Ein Hügel. Parks.

Langsamer Schwenk. Wir erforschen die Gegend. Parks. Villen in den Parks. Mit der Einstellung hat eine schrille, ferne Musik eingesetzt.
Die Villen ziehen vorüber. Alle verschlossen, die Fensterläden zu.
Noch eine: die Musik wird lauter.
Diese da ist bewohnt, so möchte man meinen. Ja. Im Erdgeschoß sind Fensterläden offen.

Innen färbt elektrisches Licht das Tageslicht gelb.
Wir verharren, wir gehen nicht näher heran. Wir bleiben fern. Ja, aus dieser Villa kommt der Lärm: etwas Turbulentes. Tanzmusik und Lachen und Schreie durcheinander. Der Lärm eines lebhaften, wilden Festes – ein Sommerfest im Winter.
Hinter den Fensterscheiben zahlreiche Silhouetten. Es wird auch getanzt.
Wir nennen diesen Ort, diesen Lärm, das Ganze: *Außenturbulenz*.
Wir verlassen die Außenturbulenz. Wir sehen sie nicht mehr. Der Lärm entfernt sich.
Wir schwenken von neuem über die Parks.
Wir suchen weiter.
Und da ist das Meer. Bewegt. Weiß.
Plötzlich sein Rauschen, das sich mit der Turbulenz mischt und dann verschwindet.
Also: Meeresrauschen, Wind. Dann wieder die Turbulenz, die der Wind herüberträgt.
Wir schauen aufs Meer.
Wir erklimmen einen Hang.
Wir befinden uns direkt vor einer sehr großen Villa, die auf den steilen Abhang des Hügels gebaut ist, dem Meer gegenüber. Sie ist *fast* verschlossen: eine Glastür ist offen. Wir bleiben stehen.
Dieses Stehenbleiben bestätigt uns, daß es sich um die Villa handelt, die »Les Colonnades« genannt wird.
Eine Säulenterrasse, tatsächlich.
Eine Art düstere Festung. Verhältnismäßig isoliert von den anderen Villen des Parks.
Die offene Glastür geht auf die Terrasse.

Hier ist die, auf die man wartet, eingeschlossen. Plötzlich die Turbulenz-Musik, immer noch lebhaft und schrill, weit weg. Von »Les Colonnades« aus kann man sie also hören. Gelächter und Schreie dringen bis zur verschlossenen Villa vor.
Wir warten. Dann umkreisen wir die Villa, vorsichtig, als belauerten wir Véra Baxter.
Wir entdecken die Umgebung der Villa. Langsam.

> STIMME BARMANN (*Off*): Sie gehört Leuten aus Nizza... sie haben sie gebaut, und dann gab es eine Geschichte... Die Leute kommen nie mehr, nur sie, manchmal, zu Ostern. Im Sommer vermieten sie...

So entdecken wir, daß die Außenturbulenz und »Les Colonnades« zweihundert Meter voneinander entfernt sind, daß sie sich in gewisser Weise *anschauen:*
die eine in sich selbst zurückgezogen, reglos, die andere schamlos, indiskret, in ihrer Wildheit verletzend, kompromittierend.

> STIMME BARMANN (*Off*): Der Immobilienmakler hat auch versucht anzurufen. Sie geht nicht ans Telefon.

Telefonläuten im Haus, anhaltend. Dann Stille.

> STIMME GAST (*Off*): Wie heißt sie?
>
> STIMME BARMANN (*Off*): Baxter. Véra Baxter.

Die Bar

Der Barmann beendet seinen Satz.
Michel Cayre ist nicht anwesend (*er telefoniert*).

> BARMANN: Seit zehn Jahren kommen sie jeden Sommer hierher. Er ist Bauunternehmer, Jean Baxter... Haben Sie nicht von ihm gehört?
>
> GAST: Nein.

Obgleich der Gast nichts fragt, fährt der Barmann fort, die Information geht weiter.

> BARMANN (*zum Flur zeigend*): Er ist Journalist, Michel Cayre.

Stille.
Michel Cayre kommt zurück. Wir sehen ihn von vorn.
Er ist zwischen dreißig und fünfunddreißig. Schön. Von sicherer Eleganz.
Sein Blick ist hart.
Im Gesicht etwas Vulgäres, von Selbstsicherheit herrührend, doch gebrochen, da vermischt mit einem offensichtlichen Leiden, das ihm einen erstaunten Ausdruck verleiht.
Wieder breitet sich Stille aus.

> MICHEL CAYRE (*leise*): Es stimmt, sie nimmt nicht ab.
>
> BARMANN (*zögert*): Sie werden hingehen...

Schweigen, keine Antwort.
Während sie schweigen, ist eine Frau eingetreten, schön, noch jung, Monique Combès.
Sie sieht die beiden Männer an, die sich nicht rühren, und geht auf Michel Cayre zu – lächelnd, gespielt lässig.

>MONIQUE COMBÈS: Wir kennen uns.
>
>MICHEL CAYRE (*zurückhaltend*): Ich glaube auch.

Wir gehen näher heran. Sie sehen sich an.
Sie lächelt immer noch.
Er, Michel Cayre, ist von einer etwas aggressiven Zurückhaltung. Der Gast hört zu, schaut. Hört leichthin zu, wie neutral.

>MONIQUE COMBÈS: Sie wissen, warum ich komme...
>
>MICHEL CAYRE (*Pause*): Ich weiß nicht mehr als Sie (*Pause*). Sie ist heute morgen um zehn Uhr weggegangen. Ich habe noch geschlafen (*Schweigen*).

Sie setzen sich an einen Tisch.
Langsame Gebärden.
Stille bevor sie sprechen.

>MONIQUE COMBÈS (*Pause*): Sollte sie sich mit Ihnen treffen?
>
>MICHEL CAYRE (*Pause*): Ja. Mittags, hier.
>
>MONIQUE COMBÈS: Es ist halb vier.

MICHEL CAYRE (*ziemlich langes Schweigen*): Was hat sie zum Immobilienmakler gesagt?

Der Gast hört die mit leiser Stimme geführte Unterhaltung sehr deutlich.

MONIQUE COMBÈS: Daß sie es sich überlegen wolle, bevor sie miete... sie finde den Preis sehr hoch... (*Pause*) das heißt, sie müsse mit Jean Baxter sprechen, bevor sie sich entscheide.

Die Geschichte kommt allmählich in Gang, und vermittelt durch den – notwendigerweise – zuhörenden Gast, hören auch wir zu.

MICHEL CAYRE (*Schweigen*): Die Villa ist schon gemietet... nicht wahr?

Zögern.

MONIQUE COMBÈS (*Pause*): Ja.

Das wesentliche Moment der Geschichte ist berührt worden: die Lüge.
Wir kommen zu Monique Combès und Michel Cayre zurück: eine sehr klare, doch ebenfalls neutrale Beziehung.

MICHEL CAYRE: Seit wann?

MONIQUE COMBÈS: Gestern... (*Zögern*)... (*Pause*). Andere Leute wollten sie... (*Pause*). Jean Baxter hat es über das Maklerbüro erfahren, er hat sie gemietet.

MICHEL CAYRE: Weiß sie es noch nicht?

MONIQUE COMBÈS: Nein (*Pause*). Sie sollte es bis zuletzt nicht wissen... (*Pause*).

MICHEL CAYRE: Den Mietpreis sicher auch nicht?

MONIQUE COMBÈS (*Pause*): Nein. (*Pause*) Der vom Maklerbüro genannte ist falsch (*Lächeln – Pause*). Sie wird finden, daß es immer noch zu teuer ist... Sie ist nach wie vor sparsam... (*Stocken*).

MICHEL CAYRE (*Pause*): Wieviel in Wirklichkeit?

MONIQUE COMBÈS (*Pause*): Warum wollen Sie das wissen?

MICHEL CAYRE (*Pause*): Um zu wissen, wie weit Jean Baxter gehen würde, um... (*er verbessert sich*) aus reiner Neugier.

MONIQUE COMBÈS: Ich habe nicht nach dem Preis gefragt. (*Pause*) Enorm, glaube ich.

MICHEL CAYRE (*Pause*): Und wenn sie die Villa nicht will?

MONIQUE COMBÈS: Oh... wissen Sie, das ist eine Frage des Geldes... Die Villa bliebe leer... das ist alles... aber gemietet.

Die Turbulenz erreicht in Wellen die Bar, die Parks, Thionville, verflüchtigt sich, kommt wieder, als suchte sie einzudringen, sich irgendwo niederzulassen: eine sonderbare Bedrohung, ein potentielles Dementi.

Stille.

> MICHEL CAYRE: Und... in Jean Baxters Augen... ist sie auch allein nach Thionville gekommen, um eine Villa für den Sommer zu mieten, nicht wahr?
>
> MONIQUE COMBÈS (*Pause*): Ja. (*Pause*) Das sollte sie glauben... also, ich meine, sie sollte weiterhin glauben, daß ihr Mann nichts von Ihrer Anwesenheit hier in Thionville weiß.

Stille.

> MICHEL CAYRE: Woher weiß er, daß ich da bin?
>
> MONIQUE COMBÈS (*beherrschte Arroganz*) (*Pause*): Ich habe Sie gestern aus dem Hôtel de Paris kommen sehen... Im Winter ist hier alles so ausgestorben, man bemerkt jeden. (*Pause*) Ich bin eine Freundin von Jean Baxter.
>
> MICHEL CAYRE (*Pause*): Er wußte es bereits.
>
> MONIQUE COMBÈS (*Pause*): Er ahnte es, ja...

Anspielung auf einen unbekannten Faktor der Geschichte.
Stille.

> MICHEL CAYRE (*Pause*): Natürlich...

MONIQUE COMBÈS: Ja... (*Schweigen*).

MICHEL CAYRE: Warum sind Sie gekommen?

Michel Cayre zugleich unverschämt und leiderfüllt. Man könnte denken, daß er wütend wird: der Schmerz ist stärker.

MONIQUE COMBÈS: Falls Sie sie abholen sollten...

Keine Antwort.

MONIQUE COMBÈS (*fährt fort*): Damit Sie... (*Zögern*) (*Stocken*) Damit Sie die Regeln beachten... ich meine...

MICHEL CAYRE (*beendet*): Sie wollen sagen: die aufeinanderfolgenden Lügen, die Véra Baxter umgeben...

MONIQUE COMBÈS (*direkt*): Ja.

Pause.

MICHEL CAYRE: Wer verlangt das von mir?

Sie hält der Unverschämtheit stand – ein gewisser Zorn liegt in der Stimme.

MONIQUE COMBÈS: Niemand... doch, für Sie geht es darum.

Stille. Keine Antwort.

MONIQUE COMBÈS: Werden Sie hingehen?

MICHEL CAYRE (*lächelt, ironisch*): Sagen Sie, daß ich es nicht weiß.

Stille.
Gegenschuß.
Der Gast schaut sie an.
Sie schauen einander an.
Michel Cayre richtet das Wort an ihn.
Schmerz und Zorn mischen sich in den Worten.

MICHEL CAYRE (*zum Gast*): Können Sie der Geschichte folgen?

GAST (*Pause*): Schlecht...

MONIQUE COMBÈS (*Pause*): Entschuldigen Sie...

GAST (*Gebärde*): Nein... ich möchte... (*mich entschuldigen, daß ich Ihnen zugehört habe.*)

Stille.
Es ist geschehen: sie haben miteinander gesprochen. Die Verbindung zum Gast, das heißt zum privilegierten Zuschauer der Geschichte, ist geknüpft.

MICHEL CAYRE (*zum Gast*): Welchen Eindruck haben Sie?

Cayres Zynismus: seine Haltung dem Gast gegenüber macht ihn deutlicher als das, was er zu Monique Combès sagt. In ihm ist eine Freiheit, die sich wehrt, fast noch Jugendlichkeit, das Gefühl, er werde »platzen«, und er nimmt sich zusammen.

> GAST (*Pause*): Daß die Illusion unangetastet bleiben sollte...
>
> MICHEL CAYRE (*Pause*): Die Illusion...?
>
> GAST: Der Wahl... der Freiheit...
>
> MONIQUE COMBÈS (*Pause*): Das ist es... ja.
>
> GAST: Man hätte sich nicht soviel Mühe gemacht (*Lächeln*) zu lügen, wenn man dadurch nicht etwas anderes... geschützt hätte... zum Beispiel... eine Art... Wahrheit... ein Gefühl... nicht...?

Immer noch die Bar.
Alle drei schweigen, so als warteten sie auf den Wechsel der Einstellung.
Und schon wird die Außenturbulenz vernehmbar, schrill, ironisch (als spottete sie dieser zur Debatte stehenden *Wahrheit*).

> GAST (*Off*): So erscheint es von außen...

Les Colonnades

In einer düsteren, weiten, nur von dem geringen Tageslicht, das durch ein offenes Fenster fällt, erhellten Halle tanzt aufrecht, mit geschlossenen Augen, allen Mutmaßungen trotzend, allein auf der Welt, Véra Baxter nach der Musik der Außenturbulenz. Mechanisch folgt ihr

Körper dem Rhythmus. Diese Turbulenz, die sich in Thionville verbreitet und die überallhin reicht, hat auch Véra Baxter erreicht.

Statt bedrückt, isoliert, abgeschirmt gegen die Außenwelt, finden wir Véra Baxter, wie sie dieser Außenwelt aufmerksam lauscht. Wie geblendet, zutiefst zerstreut, versucht sie – nicht ohne eine gewisse Unbeholfenheit –, nach der Musik der Außenturbulenz zu tanzen. Mit ihr zu harmonisieren, mit dem *Außen*. Mit dem, was außerhalb der Geschichte Véra Baxters ist.

Wir gehen näher an sie heran und betrachten sie.

Vielleicht blicken ihre Augen in unsere Richtung.

Aber sie sieht uns nicht an, tanzt weiter.

Das Telefon läutet. Der Blick Véra Baxters wendet sich ab, kehrt dann zurück. Der Körper fährt fort in seinem »tastenden« Versuch, tanzt.

Das Telefonläuten hört auf.

Und dann plötzlich nimmt die Turbulenz ab – doch ohne je ganz zu versiegen, ein Rest von Gelächter und fröhlichen Schreien, von Festgeräuschen. Sätze in einer fremden Sprache hallen wie Rufe durch die französischen Parks von Thionville.

Man hört immer noch die Turbulenz, aber sehr weit weg. Es ist fast still.

Der Körper hört auf zu tanzen und dreht sich um, die Augen blicken suchend, gierig, durch die Fensterscheiben hinaus.

Dann geht Véra Baxter langsam zur Terrasse.

Wir fahren rückwärts vor ihr her.

Sie geht durch die Tür, befindet sich auf der Terrasse im Schatten der Säulen, geht zur Brüstung.

Schaut.
Meeresrauschen.
Und immer noch jene Reste von Schreien und Gelächter eines abgeflauten Festes.
Wir sehen, was sie anschaut: die Außenturbulenz. Sie ist angeschnitten im Bild. Wir betrachten sie zusammen mit ihr. Plötzlich kommt jemand auf die andere Terrasse (den Schauplatz der Turbulenz). In dunkler Kleidung. Ein Mann. Es ist weit weg. Das Gesicht ist nicht erkennbar. Wir verharren in der Distanz, zusammen mit Véra Baxter, auf der Terrasse von »Les Colonnades«. Er schaut um sich, zuerst aufs Meer, dann zu »Les Colonnades«. Und sieht. Sieht, daß dort drüben eine Frau ist, auf einer Terrasse. Und bleibt seinerseits stehen und schaut seinerseits.
Es vollzieht sich – nach der Verbindung durch den Lärm – die Verbindung durch einen Blick. *Véra Baxter wurde gesehen. Und sieht.*
Von Terrasse zu Terrasse spannt sich also in den winterleeren Parks ein Band.
Sie sehen sich an.
Dann, mit freundschaftlicher Handbewegung (wie jenes Grüßen von Schiff zu Schiff, wenn man sich auf See begegnet), winkt der Mann der Frau auf der Terrasse zu.
Wir befinden uns hinter Véra Baxter.
Ihre Hand zögert, hebt sich und sinkt wieder herab, sie erwidert das Zeichen nicht.
Dreht sich um, durchquert das Bild – die Terrasse –, um ins Haus zurückzukehren. Wir bleiben auf der leeren Terrasse.

Drüben auf der anderen Terrasse schaut noch der Mann, geht dann hinein, verschwindet seinerseits.

Als Véra Baxter an der Kamera vorbeiging, haben wir ihren Blick bemerkt: wild, verärgert, und so, daß eine finstere Entschlossenheit zu ahnen war. Nachdem der Mann verschwunden ist, fahren wir durch den Säulengang der Terrasse. Marmor. Monumentale Absurdität der Anlage. Wir sind an einem Ort des Geldes. An diesem düsteren Ort hat sich Véra Baxter eingeschlossen.

Die Bar

Von neuem ein verwaister Ort.
Nur der Gast ist da.
Man hört sehr leise (*vom Eingang der Bar her*) die Stimmen (*Off*) von Monique Combès und Michel Cayre.

> MICHEL CAYRE (*Off*): Als ich Jean Baxter hier begegnet bin, glaubte ich, Sie seien seine Frau. Dann habe ich erfahren, daß es nicht... (*Pause*)... daß es eine andere ist... (*langes Schweigen*).
>
> MONIQUE COMBÈS (*Off*) (*sonderbares Zögern*): Haben Sie sie... in Paris wiedergesehen...?
>
> MICHEL CAYRE (*Off*) (*verlegen, als löge er*): ... Ja, so ist es... eines Nachmittags habe ich sie getroffen... sie war ohne ihn... (*lange Pause*)... Man sieht sie, wenn sie ohne ihn ist...

Die Stimmen sind leise, wie kraftlos.
Es ist, als spräche Monique Combès auch für sich.

MONIQUE COMBÈS (*Off*) (*Pause*): Aber nachdem... man sie mit ihm gesehen hat... nicht? Finden Sie nicht?

MICHEL CAYRE (*Off*): Vielleicht (*Pause*). Ich weiß nicht mehr.

Stille.

MONIQUE COMBÈS (*Off*): Jean Baxter interessiert Sie noch sehr.

MICHEL CAYRE (*Off*) (*Pause*): Anders, glaube ich. Ich weiß auch nicht mehr... (*Stocken*) (*Pause*).

Es ist, als wäre eine Art Vertrautheit zwischen ihnen entstanden. Indiskretion, allerdings sehr versteckt, von Monique Combès.

MONIQUE COMBÈS (*Off*): Was werden Sie tun?

MICHEL CAYRE (*Off*) (*Pause*): Ich hatte mir einen letzten Termin gesetzt, sechs Uhr, um nach Paris zurückzukehren, wenn sie nicht gekommen ist... ich fahre gern nachts...

Stille.

MICHEL CAYRE (*Off*): Können Sie sie nicht einmal davon in Kenntnis setzen... von meiner Abreise?

MONIQUE COMBÈS (*Off*): Nein. (*schmerzlich*) Ich kenne sie kaum... wir kennen uns kaum (*Anspielung auf ihr Verhältnis mit Jean Baxter*).

Stille. Keine Antwort.

>MONIQUE COMBÈS (*Off*): Ich werde zu »Les Colonnades« hinübergehen, wie ich es versprochen habe.

Immer noch die Bar.

Leeres Bild. Dann kommt Michel Cayre. Er geht vor dem Gast vorbei, zum Fenster, sieht hinaus.
Stille.
Wir befinden uns mit dem Gast in der Mitte der Bar.
Wir lassen Michel Cayre, wo er ist, mit dem Rücken zu uns, dem Hafen gegenüber.
Zeit vergeht. Reglosigkeit. Dann spricht Michel Cayre.
Wir hören seine Stimme. Diesmal muß er sich an den Gast wenden: sonst ist niemand in der Bar.

>MICHEL CAYRE: Der Wind hat nachgelassen. (*Pause*) Wie so oft am Nachmittag, hier... aber es ist immer noch windig...

>GAST: ... Der Atlantik...

>MICHEL CAYRE (*leise*): Ja...

Michel Cayre dreht sich um, kommt und setzt sich, ohne sich dessen bewußt zu sein, möchte man sagen, vor den Hotelgast – so als existierte dieser nicht – und schaut weiter auf den Hafen.
Michel Cayre hat den Übergang in die zweite Phase des Films vollzogen: die Integration des Gastes in die Geschichte Véra Baxters.
Michel Cayre schaut immer noch hinaus.

MICHEL CAYRE: Das Meer ist bewegt. Da möchte man schwimmen.

Keine Antwort.
Wir sind sehr nah bei den beiden Männern.
In einem plötzlichen Impuls – nach dem Satz über das Meer – legt Michel Cayre mit einer Gebärde großer Müdigkeit die Hände schwer auf sein Gesicht.

MICHEL CAYRE (*spricht unzusammenhängend*): Ich werde sie verlassen... (*Pause*)... ich brauche Zeit, um... Ich bin so weit, daß... ich keine andere Frau anrühren kann... (*Pause*) Nach dem Sommer, vielleicht... (*Pause*). Ich bin jemand... ich möchte nicht leiden.

Stille. Reglosigkeit.
Durch diese ungeordnete, sehr jugendliche Aufrichtigkeit, die aller Zurückhaltung spottet, kann man am besten erkennen, wer Michel Cayre ist.
Keine Antwort des Gastes.
Michel Cayres Hände sinken wieder herab.
Endlich sieht Michel Cayre den Gast – versucht zu lächeln.

MICHEL CAYRE: Ich trinke zuviel... Entschuldigen Sie...

Keine Antwort.

MICHEL CAYRE: Kommen Sie oft nach Thionville?

GAST: Nein.

MICHEL CAYRE: Dieser Name, Baxter, er sagt Ihnen nichts?

GAST (*Gebärde: nein*): Nein, nichts.

Stille.

MICHEL CAYRE: Ein erschreckendes Milieu... dieser neue Reichtum, wissen Sie... ohne wirkliche gesellschaftliche Grundlage... (*Pause*) alles, was man zum Kotzen findet... und dann... (*Lächeln: dann passiert es*): ... Er, ein Spieler, ein Frauenheld, fast immer weg (*Pause*). Sie, immer zu Hause bei ihren drei Kindern... obendrein auch noch treu... ein (*er sucht*) jämmerliches Paar, eigentlich gar nicht existent und... und gleichzeitig... (*Stocken*). Er... (*er sucht*) das ist der Wettlauf ums Geld... tragisch... Sie... im Grunde... so etwas wie eine Katholikin... (*Pause*). Er hat sich dreimal ruiniert... sie ist immer noch da. Das Geld kommt wieder, sie sitzt immer noch zu Hause... Sie haben überall gewohnt (*Pause*). Sie folgt ihm. Sie wäre jedem anderen genauso gefolgt... Überallhin. Er fährt für sechs Monate weg. Er kommt zurück. Sie ist da...

Stille. Er beendet seinen Monolog, wendet sich an den Gast.

MICHEL CAYRE: Ich habe sie verloren. Ich weiß nicht, wann. Ich weiß es einfach nicht... (*Pause*)...

auch nicht, warum ich an ihr hänge... ihre Frauen sind im allgemeinen schön... sie ist nichteinmal das...

Stille. Keine Antwort.

MICHEL CAYRE: Das Geld? Glauben Sie...?

Stille. Keine Antwort.

GAST (*plötzlich direkt*): Sie haben sie zufällig getroffen...

MICHEL CAYRE (*leichtes Hochschrecken, wie ein Erwachen*): Das heißt... Ja... Eine Reihe von Umständen, die dazu führten, daß (*die Ruhe kehrt zurück*)... es läuft auf dasselbe hinaus... (*Stocken*). Jedenfalls... dieses erste Mal hat nicht gezählt... ich dachte, wir würden uns nicht mehr wiedersehen (*Pause*). Am nächsten Tag... (*sucht*)... das Begehren, das sich verlagert, sehen Sie, das alles überwältigt... plötzlich eine Lust, sie wiederzusehen, aber von einer Stärke... das war mir noch nie passiert... (*sieht den Gast nicht mehr an*)... als wüßte es... besser als man selbst... (*Stocken*) (*Sinn: als wüßte es das Begehren besser als man selbst*).

Der Blick des Gastes ist durchdringend, als ginge er durch Michel Cayre hindurch.

GAST (*immer noch direkt*): Teilte sie dieses Begehren?...

MICHEL CAYRE (*sieht ihn an, aufrichtig*): Ich weiß es nicht.

Lange Pause. Stille. Der Gast redet weiter.

GAST: Sie sagten, sie wüßten nicht, wann Sie sie verloren haben...

MICHEL CAYRE: Oh... zweifellos schon am ersten Tag. Dann muß ich versucht haben... die Sache wiederzubekommen... das ist es übrigens vielleicht, ich mache mir nichts vor, was ich für Liebe halte... diese Art... Rettung... von...

GAST (*beendet den Satz*): Von einer Macht?... (*Lächeln*).

MICHEL CAYRE (*schmerzliches Lächeln*): Ja, natürlich... auch...

Er schweigt. Der Gast fährt fort.

GAST: Hat es etwas Neues gegeben seit dieser Reise?

MICHEL CAYRE (*sucht, gibt es dann auf*): Ja... ich glaube...

GAST (*Pause*): Daß sie in dieser Villa eingeschlossen bleibt?

MICHEL CAYRE (*Pause*): Nicht nur das... nein... etwas wie... Gefügigkeit, ja, das ist es... seit einiger Zeit... hinter der sie sich versteckt... verstehen Sie?

GAST: Ein wenig, ja... (*Pause*) eine Art Gewißheit?...

MICHEL CAYRE (*leichtes Hochschrecken*): Vielleicht (*Pause*). Ich weiß nicht...

Lange Pause. Der Gast sieht Michel Cayre an, der nirgendwohin sieht.
Wieder das Läuten des Telefons. Weit weg die Stimme des Barmanns, die wiederholt, daß Véra Baxter noch nicht zurückgekehrt sei. Plötzlich Entsetzen von Michel Cayre. Der Gast bemerkt es. Sanftheit seiner Stimme.

GAST: Wovor haben Sie Angst?...

MICHEL CAYRE (*Pause*): Schwer zu sagen. Wie vor einer Bedrohung... Seit heute mittag. (*Pause*) Da hat er angefangen, jede Viertelstunde anzurufen, um Nachricht von seiner Frau zu bekommen.

Stille.

MICHEL CAYRE: Ich bin jemand, der nicht leiden will.

Als hätte er es geahnt, antwortet der Gast:

GAST: Ja.

Stille.

Les Colonnades

Ein Flur.
Es wird geredet. Irgendwo Schritte. Erst weit weg, dann kommen sie näher. Frauenstimmen. Es sind die Stimmen von Véra Baxter und Monique Combès, *Off*.
Wir fahren vorwärts vor ihnen her.
Wir sehen vor ihnen, was sie sehen werden.

>   MONIQUE COMBÈS: Gefällt sie dir?
>
>   VÉRA BAXTER: Das ganze Gelände dort vorn gehört zur Villa. Das geht bis zum Meer hinunter. (*Pause*) Es gibt einen Privatstrand. Es ist groß.

Stille.

Ein Zimmer.
Man hört die Schritte von Véra Baxter und Monique Combès. Sie besichtigen die Villa.
Ein Bett. Zimmer ziehen vorüber. Betten. Man sieht sie nicht. Man hört sie gehen.
Die Zimmer erscheinen nacheinander in festen Einstellungen. Die Betten stehen einmal auf der linken, einmal auf der rechten Seite. Unbenützt.
Überall geschlossene Läden. Die Betten sind im Dunkeln.
Véra Baxter und Monique Combès setzen ihre Besichtigung fort.

>   VÉRA BAXTER (*große Abstände zwischen den Worten*): Das wäre für Christine... Dies hier für

Marc... Wenn Freunde kommen, können Irène und Christine im selben Zimmer schlafen... Ich weiß allerdings nicht, ob Christine kommt... Sie sollte dieses Jahr nach England fahren. (*Schweigen*)... Wegen der Terrasse ist es so teuer. Ich habe es mir anders vorgestellt... Eine Million für den August, das ist viel, finde ich. (*Schweigen*)... »Clair Bois« war windgeschützter... weiter weg vom Meer... aber... im übrigen ist sie vermietet... zu spät... (*Schweigen*).

Letztes Zimmer. Ein Fensterladen ist einen Spalt geöffnet. Sehr groß. Das Hauptzimmer. In der Mitte das Ehebett.
Frauenfotos.
Der Fensterladen schlägt im Wind.
Sie kommen nicht ins Bild.
Wir entfernen uns von dem Zimmer, diesmal, indem wir rückwärtsfahren.
Die Schritte von Véra Baxter und Monique Combès gehen uns voraus.

Stille.

Die Terrasse

Sie kommen ins Bild, gehen zur Balustrade. In der Ferne hat das Geräusch der Turbulenz wieder angefangen. Turbulenz: Tanz, Gelächter, Geschrei.

VÉRA BAXTER: Vielleicht Landstreicher, die eingedrungen sind. (*Pause*) Es scheint, im Winter werden die Villen besucht, Leute dringen ein...

Stille.

> MONIQUE COMBÈS (*Pause*): Ein Fest, möchte man meinen.

Stille. Keine Antwort von Véra Baxter.

Das Meer

Wir verharren auf ihm. Bewegt. Weiß.
Plötzlich sein Rauschen.
Die Turbulenz nimmt ab – immer dieser Wechsel von Heftigkeit und Beruhigung. Angst.

Stille.
Véra Baxter spricht: eine Art einsames Delirium.

> VÉRA BAXTER (*Off*): Es ist hier derart abgeschieden... Kalifornien, könnte man denken... wenn man schreien würde... niemand hörte einen.

Stille. Keine Antwort von Monique Combès.

> VÉRA BAXTER (*Off*): »Clair Bois« war kleiner... Es gab nicht diesen Blick... diese Parks... es gab nur einen Garten. (*Pause*) Wir sind zu lange dorthin gefahren, finde ich... zehn Jahre... seit Irènes Geburt...

Stille. Keine Antwort.
Véra fährt fort:

> VÉRA BAXTER (*Off*): Ich wollte wechseln... (*Pause*) Jean ist immer draußen im Sommer, was interessiert ihn das schon? Er kommt nur zum Schlafen nach Hause... diese oder eine andere, also, für ihn... Diese hier kannten wir. Wir fuhren oft im Boot vorbei... Ich erinnere mich, ich habe zu ihm gesagt, einmal könnten wir sie mieten... einmal, einen Sommer... Wir wollten zwar auch andere Villen... (*Pause*) Er sagte: »Dort eine Liebe erleben... eine neue Liebe«... du weißt ja, wie er redet...
>
> MONIQUE COMBÈS (*Off*) (*Pause*): Ja.

Stille. Die Schritte entfernen sich.

Die Parks

Wir sind am Ausgang der Villa, als belauerten wir die beiden Frauen.
Man hört sie reden – ohne zu verstehen, was sie sagen – und in der Villa umhergehen.
Die Parks sind verlassen. Hinter den Bäumen das Meer, bewegt, weiß. Kein Wind mehr.
Man hört leichte Schritte auf dem Kies. Da sind sie.
Fast gleich groß, nicht deutlich verschieden, sie gehen langsam. Wir folgen ihnen.
Sie gehen dem Meer zugewandt, umflutet von dem bereits gebrochenen Licht eines winterlichen Spätnachmittags. Ihre Gesichter sieht man nicht.

MONIQUE COMBÈS: In dieser hier war ich noch nie.

Keine Antwort.

MONIQUE COMBÈS: Es ist ein schöner Ort. (*Pause*) Nimmst du sie?

VÉRA BAXTER: Ich finde, sie ist teuer. Ich muß mit Jean darüber sprechen.

MONIQUE COMBÈS (*Heuchelei*): War es nicht abgemacht zwischen euch?

VÉRA BAXTER: Wir haben nicht über den Preis gesprochen. (*Pause*) Ich habe in Paris angerufen, ich habe Marie-Louise die Telefonnummer der Villa gegeben.

MONIQUE COMBÈS: War er nicht da?

VÉRA BAXTER: Nein. (*Pause*) Er sollte um fünf Uhr anrufen, um Nachricht von der Kleinen zu erhalten.

Pause.

MONIQUE COMBÈS: Weißt du nicht, wohin er fährt?

VÉRA BAXTER (*Pause*): An verschiedene Orte... Ich glaube, nach Chantilly. (*Pause*) Zu einem Mannequin.

Stille.

MONIQUE COMBÈS (*Pause*): Er soll den Sommer auf den Balearen verbringen, wie es scheint...

VÉRA BAXTER (*Pause*): Ich weiß nicht.

Stille.
Schwierige Unterhaltung, sehr sanft, doch völlig unangebracht, falsch.

MONIQUE COMBÈS: Geht's dir gut, Véra? Mit den Kindern?

VÉRA BAXTER: Ja.

MONIQUE COMBÈS (*Pause*): Du bist im Hôtel de Paris abgestiegen.

VÉRA BAXTER: So ist es...

Stille.

MONIQUE COMBÈS: Jean hat mich angerufen, er hat mich gebeten, dich zu beraten, falls du zwischen mehreren Villen schwanken solltest.

VÉRA BAXTER: Ich wollte diese hier. (*Pause*) Das Innere sehen.

Sie werden gleich das Meeresufer erreichen.
Sie erreichen es. Sie sehen sich an. Lächeln sich zu.
Schmerzliches, fast gequältes Lächeln. In Véra Baxters Augen etwas wie Furcht.
Das essentielle Schweigen kann nicht gebrochen werden.

MONIQUE COMBÈS: Du könntest ins Hotel zurückkehren... vom Hotel aus telefonieren...

VÉRA BAXTER: Nein. (*Schweigen*).

Véra Baxter sieht Monique an: ja, als hätte sie plötzlich Angst.
Wir sehen sie beide im Bild: Véra ist unbeweglich. Monique Combès redet, um diesem Blick auszuweichen.

MONIQUE COMBÈS: Wir haben uns lange nicht gesehen... Ich bin im Oktober nach Paris gefahren, ihr wart in Bordeaux, und...

Véra Baxter sieht sie unverwandt an. Monique Combès beendet ihren Satz nicht. Der Satz hängt sekundenlang in der Luft. Der Sinn ihres wechselseitigen Betrachtens ist zweideutig (zwischen ihnen plötzlich die Lüge, die sie nicht mehr in Schranken halten können).
Endlich antwortet Véra Baxter, hört auf, Monique Combès anzusehen. Das Sprechen wird schon weniger ängstlich sein.

VÉRA BAXTER (*langsam*): Im Oktober sind wir nach Bordeaux gefahren, ja... (*Pause*) Manchmal verreisen wir zusammen, er nimmt mich mit, wenn er allein ist, zwei, drei Tage...

Das wußte Monique Combès nicht. Überraschung im Blick, gegen ihren Willen.
Véra Baxter antwortet auf diesen Blick.

VÉRA BAXTER *(fährt fort)*: Wir sagten es nicht.

Lange Pause.

VÉRA BAXTER *(fährt fort)*: Nach Bordeaux war schönes Wetter, wir sind ans Meer gefahren, weißt du… dorthin, wo wir uns kennengelernt haben… nach Arcangues. *(Pause)* Wir waren nie wieder dort gewesen.

MONIQUE COMBÈS *(Pause)*: Er wollte dorthin fahren…

VÉRA BAXTER: Ja.

MONIQUE COMBÈS *(mechanisch)*: … im Oktober…

VÉRA BAXTER: Ja.

Das Meer. Sie sehen es an. Ein unbedeutendes Ereignis auf dem Meer: zum Beispiel ein Fischerboot in der Ferne.

MONIQUE COMBÈS *(Off)* *(sanft)*: Er hat zu mir gesagt: »Dieses Jahr fahre ich ins Ausland, ich möchte sie allein lassen… einmal… ohne mich.«

VÉRA BAXTER *(Off)* *(Pause – ebenso sanft)*: Seit sechs Jahren redet er von einem anderen Leben… einer anderen Frau… einem anderen Beruf… Man sollte nicht achten auf das, was er sagt…

MONIQUE COMBÈS *(Off)*: Ja…

Stille.

Immer noch das Fischerboot.

> MONIQUE COMBÈS: Zum Glück bleibt der Hafenverkehr im Winter... Es ist dermaßen tot...
>
> VÉRA BAXTER (*Off*) (*Pause*): Ja... Man fragt sich, wie das Leben wiederkehren kann... im Sommer.

Stille.
Eine Art Nachtlokal, ein falsches Kasino, das »Tahiti«, zieht vor uns vorüber, geschlossen, verbarrikadiert gegen den Wind. Dann andere Bilder, von Stränden, vom Meer.

> MONIQUE COMBÈS (*Off*) (*leise*): Du bist nicht allein nach Thionville gekommen... (*Pause*) Man hat dich gestern abend am Hafen gesehen mit einem Mann, der nicht Jean Baxter war.

Stille. Keine Antwort.
Wir finden sie wieder, schweigend, am Meer.
Stille, bevor sie reden. Sehr langsames Tempo.

> MONIQUE COMBÈS: Das ist so unerwartet... Man kann es gar nicht glauben.
>
> VÉRA BAXTER (*Pause, zu sich selbst*): Das hat sich so ergeben, im Lauf der Tage. Ich wollte nichts dergleichen.
>
> MONIQUE COMBÈS (*Pause – leise*): Wie alt ist Christine?

véra baxter (*Pause*): Siebzehn.

monique combès (*sucht*): Du hast sie sehr schnell nach der Hochzeit bekommen...

véra baxter (*sucht*): Fünfzehn Monate. (*Lange Pause*) Nach Christine hielt das Geld Einzug in unser Haus. (*Pause*) Und dann... hat er alles verloren... just vor Marcs Geburt. (*Pause*) Und dann... ging es wieder... (*leichtes Lächeln*) Er hat mich überallhin geschleppt... Wir haben überall in Paris gewohnt... in Zweizimmerwohnungen, in Zehnzimmerwohnungen... das hat lange angedauert... (*Schweigen*).

Véra Baxter rührt sich nicht. Das Lächeln erlischt. Reglos, mit niedergeschlagenen Augen sagt sie:

véra baxter: Er wird mich anrufen, ich werde in die Villa zurückkehren. (*Lange Pause*) Ich muß mit ihm über Michel Cayre reden.

Monique Combès. Plötzlich sehr große Verwirrung. Sie wußte nicht, wie wenig sie Véra Baxter kannte. Sie nimmt das Lügenspiel wieder auf.

monique combès (*wiederholt, leise*) Michel Cayre... (*lange Pause*): Er ist Journalist bei einer Sonntagszeitung?

véra baxter (*läßt sich nicht täuschen*): So ist es...

monique combès: Jean weiß nichts?

VÉRA BAXTER (*Pause*): Nein.

MONIQUE COMBÈS (*lange Pause*): Bist du sicher, Véra?

VÉRA BAXTER: Ja. (*Pause*) Er kann es nur von mir erfahren. (*Schweigen*)

MONIQUE COMBÈS: Aber... (*Zögern*) habt ihr miteinander über diese Möglichkeit gesprochen...

VÉRA BAXTER (*lange Pause*): Manchmal... wenn... (*Schweigen*)

Monique Combès offenbart sich vor uns, sie spricht mit Heftigkeit.

MONIQUE COMBÈS (*Pause*): Meine Geschichten sind kurz. (*Pause*) Ich weiß nicht, was sich auf die Dauer zwischen Menschen abspielen kann...

Scheinbar ausweichende Antwort von Véra Baxter: sie ist jedoch wahr.

VÉRA BAXTER: Das ist schwer zu sagen... es ist unmöglich... (*Pause*) Sonst... wir reden sehr wenig, wir reden über das Haus, über die Kinder. Manchmal über seine Geschäfte. (*lange Pause*) Weißt du, wieviel Uhr es ist?

MONIQUE COMBÈS: Zehn nach fünf.

VÉRA BAXTER: Wir haben noch Zeit, durch den Wald auf der anderen Seite der Parks zurückzugehen... (*Schweigen*)

Sie setzen sich in Bewegung. Sie gehen am Strand entlang. Wir fahren vor ihnen her.
Zunächst schweigen sie.

>MONIQUE COMBÈS: Wie lange dauert das schon?
>
>VÉRA BAXTER: Seit Oktober. (*Pause*) Vor der Reise nach Bordeaux. (*längere Pause: das sind die Lügen*) Ich habe ihn auf einer Caféterrasse getroffen, ich erinnere mich, es regnete, es war bei der Place de l'Alma... Hier hatte er mich kaum gesehen, glaube ich... Ich war auf der Terrasse, ich wartete, daß der Regen aufhörte...

Monique Combès weiß, daß Véra Baxter lügt, und deckt die Lüge nicht auf. Intensives Zuhören.

>VÉRA BAXTER: Er kam gerannt... Er hat mich nicht gleich erkannt... Wir haben dem Regen zugeschaut, und dann... Es war so plötzlich... wir sind überrascht worden...

Stille.

>MONIQUE COMBÈS: Véra, es stimmt nicht, was du da erzählst, nicht wahr?
>
>VÉRA BAXTER: (*Pause*) Ja.

Sie schweigen, während sie über den Strand gehen. Auf ihrem stummen Gang setzt dann die Turbulenz wieder ein. Die Fahrt hört auf: sie biegen ab und schlagen den

Weg in den Wald ein. Wir warten, bis sie vorbeigegangen sind. Dann folgen wir ihnen von neuem.
Diesmal steigen sie den Abhang des Hügels hinauf. Ihre Silhouetten werden vom dichten Wald verdunkelt. Kontrast zur Helligkeit des Meeres, wenn sie sich entfernen.
Sie sprechen nicht mehr von dem Café an der Place de l'Alma.
Langsames und stilles Gehen, Verschwommenheit des Lichts, das sich bereits färbt.
Die Turbulenz hört auf.
Sie bleiben stehen. Geräusche von Vögeln.
Véra Baxter lehnt sich an einen Baum, wie erschöpft. Man sieht sie wieder von vorn.

> MONIQUE COMBÈS (*schmerzliches Lächeln*): Wir lügen viel, du und ich.
>
> VÉRA BAXTER: Viel. Ja.

Sie lächeln sich zu, sehen sich an.
Stille.

> VÉRA BAXTER: Ich bin heute morgen früh aufgestanden, um hierher zu kommen... Die ganze Nacht trinken wir. (*Pause*) Er mag es, wenn ich trinke. (*lange Pause*) Ich bin so müde...
>
> MONIQUE COMBÈS: Sie kennen sich.
>
> VÉRA BAXTER: Wer? (*versteht, um wen es sich handelt*) Sie haben zusammen gepokert. Und dann sind sie Boot gefahren.

MONIQUE COMBÈS: Da habe ich ihn getroffen...

VÉRA BAXTER: Das war letztes Jahr.

MONIQUE COMBÈS (*Pause*): Das stimmt... Ich bin bewußt nicht gekommen.

Mit der Erinnerung an den Schmerz kommt die Aufrichtigkeit wieder.

MONIQUE COMBÈS (*Pause*): Hat Jean letzten Sommer hier Geschichten gehabt?

VÉRA BAXTER (*sucht*): Nein. (*Pause*) Oder sehr kurze. (*Pause*) Nein, letzten Sommer hatte er nur mich... (*leichtes Lächeln*)

MONIQUE COMBÈS (*Pause*): Das kam vor, daß er nur dich hatte... (*ebensolches Lächeln*)

VÉRA BAXTER: Ja.

Stille. Sie schweigen. Véra Baxter betrachtet den Wald.
Man müßte das Gefühl haben, daß gegen ihren Willen eine Art Wahrheit erreicht wird, und daß diese Wahrheit am ehesten erreicht wird, wenn die Worte sich mischen und trüben.
Der Ort – Dichte des Waldes –, die späte Stunde, die Stille stimmen damit überein.
Monique Combès betrachtet Véra, die ihrerseits den Wald betrachtet.

VÉRA BAXTER: Ich kam mit den Kindern hierher, als

sie klein waren... wenn es am Strand zu heiß war (*Pause*). Ich war nie wieder hier... (*Schweigen*).

MONIQUE COMBÈS: Wir haben nie miteinander über Jean Baxter geredet (*Pause*). Es ist das erste Mal.

VÉRA BAXTER (*Pause*): Ja.

MONIQUE COMBÈS (*Pause*): Das war nie ernst für ihn... du wußtest es...

VÉRA BAXTER (*Pause*): Wie alle Welt... nicht anders...

Sehr präsente Stimmen, echte Geständnisse:

MONIQUE COMBÈS: Was war dir unbekannt?

VÉRA BAXTER: Ob du unglücklich warst.

MONIQUE COMBÈS (*mühsam, langsam*): Ja. (*Pause*) Er weiß es nicht.

VÉRA BAXTER: Nein.

Stille.

MONIQUE COMBÈS: Hast du nie Angst vor dieser Geschichte gehabt...

VÉRA BAXTER: Nein.

MONIQUE COMBÈS: Du hattest recht...

VÉRA BAXTER (*lange Pause*): Er fuhr jedesmal für immer weg (*Lächeln*).

MONIQUE COMBÈS (*Pause*): Glaubtest du es?

VÉRA BAXTER (*lange Pause, Befremden*): Ich weiß nicht mehr... plötzlich... (*Schweigen*)

Die Turbulenz setzt wieder ein, weit weg.
Véra Baxter erinnert sich ihres Lebens: Gedankensprung, der ihr entgeht:

VÉRA BAXTER: All das ist möglich wegen des Geldes.

MONIQUE COMBÈS: Was?

VÉRA BAXTER: Unsere Ehe (*Pause*). Wenn er mit einer Frau wegfährt, schickt er Schecks (*Pause*). Wenn die Geschichte dauert, schickt er viel Geld (*Pause*). Nie hat er vergessen, welches zu schicken. (*Natürlich. Unbeschwertes Lachen, plötzlich, wie ein Kind.*) Manchmal irrt er sich, schickt es zweimal (*lange Pause*). Wenn er wegfährt, ruft er ein paar Tage nicht an (*Pause*). Manchmal drei Tage. Vier Tage. Und dann beginnt er wieder anzurufen.

MONIQUE COMBÈS (*Pause*): Als wir nach Venedig gefahren sind...

VÉRA BAXTER (*sanft, wie ein Geständnis*): Auch, ja (*lange Pause*). Danach... wenn er zurückkommt... sieht er, daß man noch da ist, mit den Kindern...

Stille.

MONIQUE COMBÈS: Er sprach viel von dir...

VÉRA BAXTER (*verbessert*): Von seiner Frau...

MONIQUE COMBÈS: Ja. (*wieder sehr langsam*) Warte (*sie sucht*) ja... er sagte, daß man sie nur durch das Begehren erkennen könne (*Pause*). Daß er sie... anderswo, außerhalb der Ehe hätte wiedertreffen wollen...

Stille.
Zweideutiger Moment. Bestimmte Worte sind ausgesprochen. In der Sanftheit, im Schmerz ereignen sich Überschreitungen. Sehr spät, sehr schmerzlich, Veras Antwort.

VÉRA BAXTER: Es wird nicht möglich gewesen sein...

Sie stehen, immer noch grundlos, da herum, weit weg von allem. Véra Baxter betrachtet diese andere Frau, Monique Combès.

VÉRA BAXTER (*langsam, sanft*): Ich erkenne dein Parfum... es ist das gleiche wie vor zwei Jahren...

MONIQUE COMBÈS (*Pause, leise*): Ja.

VÉRA BAXTER (*sanft*): Wenn er von dir kam... (*roch er nach diesem Parfum...*)

Die Turbulenz hat aufgehört. Geräusche des Waldes. Schweigen, während Véra Baxter sich von Monique Combès ansehen läßt.

Unmerklich fangen sie an, sich zu bewegen. Gehen weiter. Wir lassen sie sich entfernen.
Wir folgen ihnen nicht mehr: als verzichteten wir darauf.
Was sie sagen, wird zuletzt *decrescendo* gehört.

> MONIQUE COMBÈS: Am Anfang, wenn man Jean Baxter begegnet, glaubt man, er sei ein einsamer Mensch (*Pause*). Man bedauert ihn wegen der Frau, die er hat (*Pause*). Und dann, ganz allmählich, vergißt man diese Frau... (*Pause*) man vergißt sogar noch, daß sie existiert... (*lange Pause*). Danach erst... entdeckt man bei Jean Baxter so etwas wie eine... Unmöglichkeit zu... zu lieben... ja... man fragt sich, ob Jean Baxter nicht an Gott glaubt, ohne es zu sagen (*lange Pause*). Manchmal entdeckt man die Wahrheit.
>
> VÉRA BAXTER (*lange Pause*): Wann?
>
> MONIQUE COMBÈS: Gestern, als er angerufen hat, um zu hören, wo du seist.

Véra Baxters Antwort braucht lange. Sie kommt, wenn sie aus dem Bild verschwunden sind: in ihr äußert sich Véra Baxters Unvernunft:

> VÉRA BAXTER (*Off*): Ich dachte, es würde immer fortdauern (*lange Pause*) (*zweites Mal*). Es wird nicht möglich gewesen sein.

Der Wald. Starr.

Die Turbulenz fängt wieder an.
Sehr weit weg, während man sie nicht mehr erwartete, die Stimmen der Frauen:

> MONIQUE COMBÈS (*Off*): Ich vergaß, dir zu sagen... Erinnerst du dich an Bernard Fontaine... Er ist vorgestern mit dem Auto verunglückt... (*Pause*) Du wolltest es dir nicht eingestehen, aber er gefiel dir.
>
> VÉRA BAXTER (*Off*): Vielleicht... Jetzt... (*sie fängt sich*) da du es sagst...

Wir warten ein paar Sekunden, bevor wir schneiden.

Die Turbulenz

Die Turbulenz, weit weg, immer in derselben Entfernung. Leute an den Fenstern und auf der Terrasse, die schauen und mit den Augen den Heimweg der beiden Frauen, die wir nicht mehr sehen, verfolgen. Bis zum Schluß, bis die beiden Frauen nacheinander verschwunden sind. Die Turbulenz hört auf. Stille.

Die Fassade von »Les Colonnades«, immer noch dunkel, über die wir aus großer Nähe schwenken.

Das Schloß von Chantilly

Und dann, während ganz sachte wieder die Turbulenz einsetzt, die Musik allein, ohne Schreie, ohne Gelächter, als wäre sie mit dem Abend ruhig, schläfrig geworden, zieht, wie aus einer Legende entsprungen, riesig, in grü-

nem, sehr dunklem Licht (dunkler als in Thionville), die Fassade des Schlosses von Chantilly vorüber. Gigantisches Zeremoniell dieser Liebesgeschichte außerhalb jeder Legende. Wir sprechen von jener mittelalterlichen Liebesgeschichte von Véra und Jean Baxter, unseren Zeitgenossen.
Ganz allmählich kommt die Stimme Jean Baxters hervor aus einer gleichsam undurchdringlichen Stille, die an die Stille eines schalltoten Raums erinnert – sehr zarte Rufe des Namens seiner Frau. (Völliges Off).

    JEAN BAXTER: Véra... hallo... Véra?

    VÉRA BAXTER (*präsent*): Ich bin hier...

Stumm zieht die Fassade vorüber.
Alles ist verschlossen. Ungenutzte Pracht.
Zuerst stumm, dann unter den Stimmen, die fortfahren, jenen Stimmen einer geheimen und schuldhaften Verehrung.
Turbulenz von Thionville auf Chantilly.
Übermäßig langes Schweigen zwischen den Sätzen.

    VÉRA BAXTER: Wo bist du?

    JEAN BAXTER: Chantilly.

    VÉRA BAXTER (*Schweigen*): Bist du allein...

    JEAN BAXTER (*Pause*): Sie macht einen Spaziergang im Wald (*Pause*). Es ist neblig... (*Schweigen*).

    VÉRA BAXTER: Hier war es heute morgen windig... jetzt...

Lange Stille.
Es gibt keinen Zweifel: diese Stimmen sind Stimmen der Liebe. Woher sie auch kommen, wem auch immer sie angehören.

Véra Baxter. Augen, die weinen. Nicht versiegende Tränen. Als hätte sie jede andere Identität als die des Klageweibs verloren, das die von der Welt verschwundene Liebe beweint. Sehr zartes, kindliches Schluchzen.
Sie sagen nichts zueinander.
Dann von neuem jene dumpfe Stimme Jean Baxters, die sie sucht und ruft.

JEAN BAXTER: Véra... Véra...

VÉRA BAXTER (*Pause*): Ja...

Sie weinen. Seufzer kommen durchs Telefon, noch schrecklicher, unterdrückt. Jean Baxter verhält sein Weinen.
Sie sprechen nicht miteinander. Hören sich weinen. Vereinte Tränen. Dann kommt die dumpfe Stimme wieder, kann sprechen:

JEAN BAXTER: Wo bist du?

VÉRA BAXTER (*kaum gesprochen*): Ich weiß nicht mehr...

Das Meer. Von tiefem Blau. Glatt und leer. Sein Geräusch mischt sich mit dem des Weinens.
Die Unterhaltung beginnt auf dem Meer.

VÉRA BAXTER: Es war wegen der Villa, sie ist teuer... eine Million... Ich wollte lieber mit dir sprechen, bevor ich sie miete... Das ist viel, finde ich.

JEAN BAXTER: Was macht das schon?... (*Schweigen*).

VÉRA BAXTER: Sie ist groß. Acht Zimmer (*Pause*). Unten ist ein Strand...

JEAN BAXTER: Ja...

Langes Schweigen.
Weit weg die Turbulenz, sehr zart, wie ein Wiegenlied.
Das Schweigen dauert an: *diese Menschen können nicht über ihre Liebe sprechen.*

VÉRA BAXTER: »Clair Bois« ist schon vermietet... wir sind zu lange dort gewesen... zu... aber (*Stokken*)... diese Parks hier... das ist schrecklich... schrecklich, finde ich...

Langes Schweigen. Keine Antwort von Jean Baxter.
Wir verlassen das Meer, ohne zu schneiden. Wir schwenken auf die leeren Parks. Das Schweigen dauert immer noch an. Die Unterbrechung ist hier die Stimme.

VÉRA BAXTER: Wir hätten vielleicht die Orte wechseln müssen... alles... alles...

Wieder langes Schweigen, dann erwidert Jean Baxter:

JEAN BAXTER: Wir haben es auch versucht.

Zurück zu Véra Baxter in dem Moment, wo sie schreit.
Véra Baxter schreit.

VÉRA BAXTER (*Schrei*): Jean...

JEAN BAXTER (*Pause*): Ich bin da.

Schweigen auf beiden Seiten. Dann plötzliche Heftigkeit Véra Baxters. Unzusammenhängender Satz, der die Stille des Schluchzens ausfüllt.

VÉRA BAXTER (*heftige Klage*): Es ist öde hier im Winter, man könnte meinen, daß seit zehn Jahren niemand mehr da war...

Stille. Keine Antwort von Jean Baxter.
Immer noch sie, in einer unerbittlich starren Einstellung, und sie spricht unter Tränen. Laut. Ohne Scham. Er läßt sie weinen...

VÉRA BAXTER: Wir hätten weggehen können. Das Land wechseln... Frankreich verlassen...

Stille. Keine Antwort von Jean Baxter.

VÉRA BAXTER: Siebzehn Jahre... (*Schrei*) mit all diesen Kindern noch dazu...

Stille. Keine Antwort von Jean Baxter.

VÉRA BAXTER: Wir hätten uns trennen sollen... uns

scheiden lassen... nicht mehr zusammen wohnen... uns verlieren... und dann... (*uns wiederfinden*)

Anhaltendes Weinen. Langes Schweigen. Dann Themawechsel, absurd, ohne ersichtlichen Grund.

VÉRA BAXTER (*in einem Zug*): Ich habe Monique Combès in den Parks getroffen... Ich habe viel geredet... viel... ich habe gelogen... in jeder Beziehung... viel. (*sehr starkes Weinen*) Ich lüge die ganze Zeit... ich belüge alle...

JEAN BAXTER (*Pause*): Nur du sagst die Wahrheit... (*Schweigen*)

Wir hören den Schrei von Véra Baxter. Dumpf. Schrecklich.

Die Außenturbulenz. Stille um sie her. Auf der Terrasse der Villa Leute: sie sind herausgetreten und lauschen – meint man – dem Schrei Véra Baxters. Als wäre dieser Schrei in der ganzen Stadt, den Parks, überall zu hören. Als kündete er den Tod einer Liebe.

VÉRA BAXTER (*Schrei*): Jean... es ist aus... es ist aus... aus... Jean... du wußtest es...

Véra Baxter: sie hat geschrien. Als hätte sie diesen Schrei gehört, der aber anderswoher kam als von ihr. Entsetzen. Sehr kurzer Moment. Die Zeit, um diesen Schrei, sein Echo zu hören. Zunächst ist sie starr.

Und dann wird das Telefon losgelassen und fällt auf das Sofa hinab, als wäre Véra Baxter tot.
Schweigen.
Die Antwort Jean Baxters kommt durch den heruntergefallenen Telefonhörer.

> JEAN BAXTER: Ich weiß gar nichts mehr.

Schweigen Véra Baxters.
Dann kehrt, von dieser Stimme an, das Leben zurück: mit den Tränen. Stilles Schluchzen.
Véra Baxter nimmt wieder den Hörer. Heftiges Klagen.

> VÉRA BAXTER: Jean... Jean...

Stille, dann von neuem die dumpfe Stimme.

> JEAN BAXTER: Ich nehme das Flugzeug, um acht Uhr bin ich in Thionville.

Das Weinen hört auf. Der Zorn kommt, schrecklich, entstellt das Gesicht, läßt die Stimme eisig werden.

> VÉRA BAXTER: Ich werde nicht mehr da sein. (*Pause*) Ich werde ihn getroffen haben, wir werden von Thionville abgereist sein.

Schweigen Jean Baxters.
Sie betrachtet die Villa.

> VÉRA BAXTER: Ich habe mich hier eingeschlossen,

> um mich umzubringen, glaube ich. (*Pause*) Und
> dann... (*Stocken*)

Sehr langsam, sehr dumpf, die Antwort:

> JEAN BAXTER: Warum sterben?

Stille.
Das Gesicht Véra Baxters verzerrt sich wie in unüberwindlichem Ekel.

> VÉRA BAXTER: Ich liebe nichts mehr. Niemanden
> mehr. Ich wußte nicht, daß... (*Stocken*)

Schweigen Jean Baxters.
Neuerlicher Tränenstrom.

> VÉRA BAXTER: Es ist auch... Ich trinke viel im Moment... Es war nicht meine Gewohnheit... nachts
> trinke ich... Es gefällt mir... und dann... dieser
> Gedanke an den Sommer... wieder einmal... Das
> kommt zu schnell, finde ich... und dann, diese
> Parks... derart ausgestorben... Kalifornien, könnte
> man denken... wenn man schreien würde... niemand käme...

Stille. Dann fängt unmerklich, weit weg, die Turbulenz wieder an: sie beendet den Satz Véra Baxters. Véra Baxter lauscht dieser Turbulenz und schaut ganz allmählich in ihre Richtung, reckt sich nach ihr – die Tränen fließen stärker – wie nach einer Art Hilfe.

véra baxter: In einer Villa der Parks ist ein Fest...
Das ist vielleicht der Grund, daß... (*ich mich nicht umgebracht habe*)... Hör...

Chantilly

Klassischer Salon eines Wohnhauses in der Umgebung von Paris. Holzfeuer im Kamin. Nichts ist erleuchtet. Farbiges Dunkel der Dämmerung.
Es ist leer. Niemand. Irgendwo hört man Weinen: es muß durch eine nach innen geöffnete Tür kommen.
Man hört auch eine sehr schrille, dünne Musik – ein Musik-Rinnsal: die Außenturbulenz. Beim Feuer auf einem niedrigen Tisch ein Telefon: nicht aufgelegt. Aus dem heruntergefallenen Hörer dieses Telefons kommt die Musik der Außenturbulenz.
Eine Frau im hellen Mantel tritt langsam ein. Mannequinfigur, klassisch. Sie lauscht dem Weinen und der Turbulenz, sieht durch die Innentür. Geräuschlos geht sie, schaut nach. Dann kommt sie ans Feuer, wärmt sich die Hände. Entdeckt den heruntergefallenen Telefonhörer. Lauscht der Turbulenz.
Legt ruhig den Telefonhörer auf. Klack: die Turbulenz hört auf, ebenso wie das Weinen. Pause. Dann spricht die Frau mit großer Sanftheit (zu Jean Baxter, den man nicht sieht, den man nie sieht).

frau (*leise*): Du hast in Thionville angerufen, sehe ich...

Keine Antwort. Stille.
Langsam zieht die Frau ihren Mantel aus, legt ihn hin,

schenkt sich ein – klassischer Scotch –, setzt sich in einen Sessel.
Betrachtet das Feuer.
Spricht dann wieder, immer noch sanft.

> FRAU: Du solltest ans Feuer kommen. (*lange Pause*) Ich bin an den Teichen entlang nach Villiers gegangen. Sie haben den Wald dort zerstört... mehrere Hektar... es ist schrecklich... *man erkennt nichts mehr wieder...*

Les Colonnades

Véra Baxter, bewegungslos. Sie lauscht der Außenturbulenz. Diese entfernt sich.
Geräusche von Thionville. Schiffssirenen. Fernes Stimmengewirr. Das Rauschen des Meeres von neuem, gedämpft. Der Telefonhörer liegt auch hier auf dem Sofa, neben Véra Baxter herabgefallen. Sie sieht ihn nicht.
Unverwandt schaut sie auf die Parks, das Meer.

Das Meer

Bereits Dämmerfarben.
Weit weg erleuchtete Kais.
Schwere, mächtige, fast lautlose Dünung.

Der Eingang von »Les Colonnades« – Der Flur

In der Dunkelheit schaut ein Mann.
Es ist der Gast vom Hôtel de Paris (der hier »der Unbekannte« wird im Hinblick auf Véra Baxter).

Véra Baxter, die angeschaut wird.
Immer noch mit Blick aufs Meer, der Kopf leicht abgewandt. Wir nehmen teil an ihrer Entdeckung des Mannes, der sie anschaut.
Gefühl von Vergewaltigung, von absoluter Indiskretion. Véra Baxter dreht langsam den Kopf und sieht ihn.
Sie schauen sich an.
Keine Angst in Véra Baxters Blick. Abwesend, noch dort drüben, verzweifelt, nicht mehr zu lieben.
Der Mann spricht, während die Kamera noch auf ihr ist.

> DER UNBEKANNTE: Sind Sie Véra Baxter?
>
> VÉRA BAXTER: Ja.
>
> DER UNBEKANNTE: Ich komme von Michel Cayre. Er hat mich gebeten, sie abzuholen.

Sie sehen sich an. Stille.

> VÉRA BAXTER: Wer sind Sie?
>
> DER UNBEKANNTE: Ein Gast vom Hôtel de Paris.

Er geht weiter ins Haus.
Wir sehen sie beide.
Er sieht hinaus. Sie sieht zu Boden.
Sie steht im Vordergrund.
Er steht hinter ihr, mit dem Rücken zu uns.
Er dreht sich nicht um.

> VÉRA BAXTER: Sind Sie schon lange da?

DER UNBEKANNTE (*Pause*): Sie sprachen vom Sommer... Sie fanden es... schmerzlich, ihn vorauszusehen...

VÉRA BAXTER (*als erinnerte sie sich*): Wo ist Michel Cayre?

DER UNBEKANNTE: Im Hotel, glaube ich. Er hat gesagt, ein anderer habe mehr Chancen als er, Sie aus der Festung »Les Colonnades« herauszuholen.

VÉRA BAXTER (*mechanisch*): Ich wollte gerade zu ihm gehen.

Stille. Er dreht sich um und sieht sie an.
Sanftheit der Stimme.

DER UNBEKANNTE: Es ist sehr abgelegen hier, und Sie haben kein Auto...

VÉRA BAXTER (*sucht, ohne Überzeugung*): Ich hätte im Maklerbüro angerufen, daß sie mich abholen sollen... (*Pause*) oder ich wäre gelaufen...

Stille. Er antwortet nicht.

VÉRA BAXTER: Wie spät ist es?

DER UNBEKANNTE: Ich habe keine Uhr.

Stille. Er sieht hinaus. Véra Baxter ist wie vor den Kopf geschlagen, abwesend.

DER UNBEKANNTE: Es ist nicht spät. Die Sonne steht noch hoch, schauen Sie...

Sie schaut. Dann senkt sie den Blick.

VÉRA BAXTER (*Pause*): Hat er getrunken?

DER UNBEKANNTE (*Pause – einfach*): Ja. Er hätt totgefahren (*er lächelt*)... Mit all den Kinderr Sie beide haben.

VÉRA BAXTER (*leise, mechanisch*): Ach... er ha nen gesagt...

DER UNBEKANNTE: Ja.

Stille. Sie ist zerstreut, immer noch abwesend: lee

VÉRA BAXTER: Kannten Sie ihn nicht?

DER UNBEKANNTE: Überhaupt nicht, nein. (*Lächeln*) Wir sind zwei Stunden in der Hotelbar gesessen... Wir haben lange miteinander geredet... Sie wissen, wie das manchmal passiert...

Sie sieht ihn zum erstenmal an. Stille.

DER UNBEKANNTE: Wir können fahren, wann Sie wollen. Der Wagen steht unten.

Keine Antwort. Stille.

VÉRA BAXTER (*zerstreut*): Es ist merkwürdig, ich habe Sie nicht ins Haus kommen hören...

Stille.

> DER UNBEKANNTE (*von äußerstem Zartgefühl in der Indiskretion*): Das war Ihr Mann, der angerufen hat.
>
> VÉRA BAXTER: Ja. (*Pause*) Wegen der Villa...
>
> DER UNBEKANNTE: Ich weiß.

Stille.

> VÉRA BAXTER (*Pause*): Ich werde sie mieten.
>
> DER UNBEKANNTE (*sieht hinaus*) (*langsam*): Ein paar Passanten gibt es immerhin.

Die Parks

Auf einem Parkweg Arbeiter, die vorübergehen.
Die Außenturbulenz.
Die Villa ist erleuchtet.
Der Lärm, der aus ihr kommt, wird sehr stark.
Wir bleiben (mit Véra Baxter und dem Unbekannten) in dem dunklen Zimmer.
Man sieht die Turbulenz durch die Glastüren der Terrasse. Draußen sind Leute, die zum Meer hinsehen, dann zur Villa »Les Colonnades«.

> DER UNBEKANNTE: Ein Fest... möchte man meinen...
>
> VÉRA BAXTER: Ja.

DER UNBEKANNTE: Das ist am Wald, dort drüben, eine der letzten Villen in den Parks...

Stille.
Sie geht zur Terrasse, bleibt stehen, bevor sie sie erreicht.
Stille.

DER UNBEKANNTE: Vorhin haben sich hier unten zwei Frauen getroffen. (*lange Pause*) Sie haben längere Zeit geredet.

Sie hat ihm jäh den Kopf zugewandt.
Er ist vollkommen Herr seiner selbst. Lange Pause.

VÉRA BAXTER: Kennen Sie sie?

DER UNBEKANNTE: Noch nicht, nein.

Stille.
Sehr subtiles Spiel. Bereits zweideutig. Langsam.

DER UNBEKANNTE: Ich bin mit Michel Cayre hier spazierengegangen. (*Pause*) Wir haben sie gesehen.

VÉRA BAXTER (*Pause*): Dann ist er nicht auf dem Zimmer geblieben, wie er gesagt hatte.

DER UNBEKANNTE: Nein. (*Pause*) Er konnte nicht, glaube ich. (*Pause*) Er hielt es nicht mehr aus zu warten.

(Schweigen)

véra baxter: Ist er noch im Hotel?

Er sieht sie an. Antwortet nicht.

véra baxter: Was glauben Sie?

der unbekannte (*Pause*): Vielleicht, ja. (*Schweigen*)

véra baxter (*brutal*): Er sollte mich verlassen.

der unbekannte: Er sagt, es sei mit ihm soweit, daß er keine andere Frau anrühren könne. (*Pause*) Noch nicht. (*Pause*) Aber... (*Stocken*)

Kolportierte Worte. Abgelenkte Erotik. Schweigen.

véra baxter: Haben Sie diesen Frauen lange zugesehen?

der unbekannte: Ja. Die ganze Zeit, in der sie geredet haben.

véra baxter (*lange Pause*): Warum?

der unbekannte (*langsam*): Wenn man sie sah, von weitem, konnte man glauben, man höre ihre Worte.

Stille.

der unbekannte (*Pause*): Was sagten Sie?

Seltsame, unpersönliche Intimität.

VÉRA BAXTER: Sie haben über einen Schriftsteller gesprochen. Er ist letzte Woche mit dem Auto verunglückt. (*Pause*) Bernard Fontaine... sagt Ihnen dieser Name etwas?

DER UNBEKANNTE (*sucht*): Nein...

VÉRA BAXTER: Ich habe ihn vor zwei Jahren hier kennengelernt. (*Pause*) Einmal hatte ich ihn in Paris getroffen. (*Pause*) Er hatte sich mit mir verabredet, ich erinnere mich... bei der Place de l'Alma.

DER UNBEKANNTE (*Pause*): Sie sind nicht zum Rendezvous gegangen.

VÉRA BAXTER: Nein. (*Pause*)

Stille. Er sieht zum Meer hin. Immer noch die Außenturbulenz.

DER UNBEKANNTE: Es gibt Buchten da unten, das hatte ich nicht gesehen. (*Pause*) Es gibt auch einen kleinen Sandstrand.

Er dreht sich zu ihr um.

DER UNBEKANNTE: Das muß praktisch sein mit den Kindern. Man kann sie von hier aus überwachen.

VÉRA BAXTER (*Pause*): Oh... sie sind jetzt groß. (*Pause*) Bis auf die Jüngste. (*Pause*) Sie kam... (*gequältes Lächeln*) Wir erwarteten sie nicht mehr...

Stille. Sieht sich um, in der Villa.

VÉRA BAXTER: Ich wollte sie sehen, glaube ich. Das ist alles. (*Pause*) Es ist, als hätte ich jetzt nichts mehr mit ihr zu tun. (*Pause*) Das ist vielleicht immer so, wenn man mietet, wenn man kauft... nicht?

DER UNBEKANNTE: Vielleicht. (*Lächeln*) Ich weiß nicht. (*Schweigen*)

VÉRA BAXTER: Wollen Sie sie sehen...

DER UNBEKANNTE (*Pause*): Warum nicht.

Sie gehen aus dem Bild. Leeres Bild.

Stille.
Véra betritt das Haus.
Wir folgen ihr.
Sie sieht sich um.
Die Turbulenz kommt herein, gedämpft.
Das Haus zieht vorüber, angesehen von Véra Baxter und dem Unbekannten. Andere Zimmer als die, die Monique Combès gesehen hatte; als wäre das Haus grenzenlos, ohne Ende.
Wir dringen weiter vor.
Man hört die Schritte von Véra Baxter und dem Unbekannten. Große Langsamkeit.
Die Zimmer. Eins nach dem andern.

VÉRA BAXTER (*Off*): Im Winter müssen Leute eindringen... schlafen... In der Küche ist Brot, Reste...

Verharren. Dann gehen sie wieder los.
Ein Schreibtisch. Dann ein ungenütztes Zimmer.
Weiteres Zimmer. Langsamer Schwenk. Fenster und Möbel. Das Meer. Verharren. Stille.

> DER UNBEKANNTE (*Off*): Gefällt sie Ihnen?
>
> VÉRA BAXTER (*Off*): Sie ist groß... schön gelegen... aber... (*häßlich*).
>
> DER UNBEKANNTE (*Off*) (*Lächeln*): Ja.

Sie kommen zum Wohnzimmer zurück, gehen an der Kamera vorbei.

> VÉRA BAXTER (*Off*): Ich weiß nicht, wann etwas häßlich ist...

Sie sind wieder im Wohnzimmer.
Sie bleiben stehen. Er sieht sie an. Deutlicher, direkter Blick. Sie sieht hinaus. Geht dann aus dem Bild Richtung Terrasse.
Stille.

> VÉRA BAXTER (*Off*): Was ist?
>
> DER UNBEKANNTE: Ich sehe Sie an.

Stille. Bewegungslosigkeit.

> DER UNBEKANNTE: Michel Cayre sagt: »Zuerst ist sie nicht schön. (*Pause*) Dann wird sie es.«

Keine Antwort. Stille. Unbeweglichkeit. Dann kommt sie zurück.

> VÉRA BAXTER: Wir gehen beim Makler vorbei, und dann fahren wir, wenn Sie wollen... Ich bestätige ihm die Anmietung, und wir kehren ins Hotel zurück. Ich werde gleich schlafengehen, ich werde auf dem Zimmer essen. (*Pause*) Ich bin derart müde...

Er antwortet nicht. Sie bleibt vor ihm stehen. Hebt dann den Blick, er sieht sie immer noch an. Anderer, weniger deutlicher Blick.

> VÉRA BAXTER: Wollen Sie nicht?
>
> DER UNBEKANNTE: Ich glaube nicht, daß Sie Lust haben, ins Hotel zurückzukehren.

Lange Stille. Als vollzöge sich die Verwandlung der Komödie in Realität. Und sie spricht:

> VÉRA BAXTER (*langsam*): Worauf habe ich Lust?
>
> DER UNBEKANNTE (*langsam*): Auf nichts, glaube ich. Das ist so ein Moment... Man muß abwarten...

Noch eine Stille, lang.
Er hört auf, sie anzusehen. Sie sieht ihn an.

> VÉRA BAXTER: Ich möchte, daß Sie gehen.

Er sieht sie noch immer nicht an, als wäre er vom Anblick der Parks gefesselt.

VÉRA BAXTER: Ich möchte schlafen.

DER UNBEKANNTE (*Pause, langsam*): Ich wollte, ich könnte Sie alleinlassen. (*Pause*) Aber ich kann es nicht. (*Pause*) Sie sind in Gefahr (*Todesgefahr*), glaube ich... (*Schweigen*).

Als spräche sie über jemand anderen, spricht Véra Baxter von sich selbst:

VÉRA BAXTER: Heute morgen wollte ich sterben. Und dann habe ich dieses Fest da drüben gehört... Doch heute abend... (*Schweigen*).

DER UNBEKANNTE (*Pause*): Nein... (*Pause*) Ich glaube, Sie irren sich. (*Pause*) Heute morgen erwarteten Sie etwas: diesen Anruf von Jean Baxter. Heute abend, nichts, glaube ich. Nichts mehr.

Sie schweigt, sieht ihn an. Er sieht immer noch hinaus.

DER UNBEKANNTE: In einer halben Stunde wird es dunkel sein.

Stille.
Er dreht sich zu ihr um. Sie setzt sich aufrecht auf einen Stuhl, sich selbst ausgeliefert, zum erstenmal, auf sich selbst neugierig.
Verharren. Stille.

VÉRA BAXTER: Sie haben das ganze Telefonat gehört.

DER UNBEKANNTE (*Pause*): Ja.

Stille. Eine andere Zeit kehrt ein. Andere Dauer. Langsamer. Undurchsichtiger. Lange Bewegungslosigkeit vor dem Sprechen.

DER UNBEKANNTE: Haben Sie sehr jung geheiratet?

VÉRA BAXTER (*zerstreut*): Mit zwanzig. (*Pause*) Er war ein Freund meiner Brüder. (*Pause*) Ich kannte ihn schon immer.

Stille.
Sie schweigt, vergißt ihn, möchte man sagen.
Er setzt sich vor sie, weit weg von ihr, und sieht sie an.
Sie entdeckt diesen Blick und lächelt, wie um sich bei dem Unbekannten zu entschuldigen, daß sie so sehr mit sich selbst beschäftigt ist. Er lächelt ihr zu.

VÉRA BAXTER: Ich weiß nicht, was geschehen ist.

DER UNBEKANNTE: Wann?...

VÉRA BAXTER: Heute morgen...

DER UNBEKANNTE (*vollkommene Sanftheit*): Und jetzt?

Sie sucht. Schließt die Augen. Sucht.

VÉRA BAXTER: Ich habe Sie schon einmal gesehen, nicht?

DER UNBEKANNTE: Ich glaube nicht. (*Pause – Lächeln*) Mein Name würde Ihnen nichts sagen. (*Pause*) Auch ich hätte Ihnen begegnen können in den Bars von Thionville, wenn sie darauf warteten, daß Jean Baxter seine Pokerpartien beendete. (*Lächeln – Pause*) Aber dem ist nicht so. Es hat sich nicht ergeben. (*ziemlich lange Pause*) War er in Chantilly?

VÉRA BAXTER (*mechanisch*): Ja. Bei einem Mannequin. Er geht noch recht oft dorthin. (*Pause*) Sie, sie war spazierengegangen. Er war allein im Haus. (*Pause*) Sie ist schön... sehr jung... sie, sie ist nicht immer da... verstehen Sie, sie reist.

DER UNBEKANNTE (*Lächeln*): Ich verstehe...

Lange Stille.
Er sieht sie an. Sie schweigt. Spricht dann wieder.
Immer noch wie schläfrig.

VÉRA BAXTER: Er hat gesagt, ich würde die Wahrheit sagen.

DER UNBEKANNTE: Jean Baxter, Ihr Mann?

VÉRA BAXTER: Ja. (*Pause*)

DER UNBEKANNTE (*Pause*): Michel Cayre sagt, daß Sie lügen. (*Lächeln*).

VÉRA BAXTER: Ihn lüge ich an.

DER UNBEKANNTE (*Pause*): Und Jean Baxter?

VÉRA BAXTER: Er stellt mir nie Fragen.

DER UNBEKANNTE (*Pause*): Ich passiere, durchquere nur ihr Leben... wenn also heute abend hier eine... (*Zögern*) Wahrheit gesagt würde, hätte sie keine Zukunft... sie bliebe ohne Folgen.

Die Außenturbulenz wird plötzlich sehr lebhaft.
Er sieht sie lange an. Sie schweigen.

DER UNBEKANNTE: Ausländer, möchte man meinen. (*Pause*) Ein Fest.

Durch die Fenster sieht man Tanzende. Weit weg, noch immer.

DER UNBEKANNTE: Man hatte es überall in Thionville gehört, ohne zu wissen, wo es war (*Pause*), woher es kam. (*Pause*) Dann haben wir es gesehen, vorhin (als ich mit Michel Cayre gekommen bin). (*Pause*) Wir nannten es: die Außenturbulenz. Wie man ein Gewitter genannt hätte oder den Wind. (*Pause*) Wahrscheinlich weil es in Thionville überallhin drang, weil niemand umhin konnte, es zu hören.

VÉRA BAXTER (*Pause*): Irgendwann haben sie ein Zeichen gegeben... heute nachmittag..., daß man kommen solle, glaube ich.

DER UNBEKANNTE (*Pause*): Sie sind nicht hingegangen.

VÉRA BAXTER: Nein.

Stille. Sichtliche Zerstreutheit.

VÉRA BAXTER: Danach habe ich daran gedacht, hinauszugehen..., und habe Monique Combès beim Bootsschuppen getroffen..., und dann ist sie gekommen.

DER UNBEKANNTE (*Pause*): War sie eine Freundin?

VÉRA BAXTER (*Pause, als suchte sie*): Sie kam ins Haus.

Er lächelt. Sie »kommt wieder« zu ihm. Senkt die Augen. Schweigen.

DER UNBEKANNTE (*pötzlich, abrupt*): Hat er gesagt, es sei teuer?

VÉRA BAXTER (*Pause*): Für ihn ist es nicht so teuer. (*Pause*) Es ist nicht soviel Geld. (*Pause*) Nein.

Er kommt wieder, sehr natürlich, Lächeln.

DER UNBEKANNTE: Hätte er noch mehr ausgegeben, um Sie zu verlieren?

Ernsthaftigkeit der Antwort:

VÉRA BAXTER (*Pause*): Er verdient viel Geld.

Stille.

DER UNBEKANNTE: Das muß das sein, was man zunächst über ihn sagt, wenn man ihn kennengelernt hat, nicht wahr? Daß er viel Geld verdient.

VÉRA BAXTER (*nie geäußerter Schmerz*): Ja, so ist es…

DER UNBEKANNTE (*fährt fort*): Und dann, daß er es immer sehr leicht verdient hat?…

VÉRA BAXTER (*Gebärde*): Ja.

DER UNBEKANNTE: … und auch, daß er alles, was er verdient, ausgibt… (*Pause*) für die Frauen… das Spiel…

VÉRA BAXTER (*Gebärde: ja*) (*Pause, sie berichtigt*): Man sagt: alles, was er stiehlt…

DER UNBEKANNTE (*direkt, aber genauso sanft*): Ja.

Er steht auf, wie von etwas Unerträglichem angetrieben, bleibt aber da, im Zimmer, nach draußen gewandt. Reglosigkeit der beiden. Langsamkeit. Mühsames Sprechen.

VÉRA BAXTER: Er hatte Michel Cayre bezahlt. Eine Million. Derselbe Preis wie die Villa.

DER UNBEKANNTE (*er dreht sich nicht um*) (*Pause*): Er wollte ihn.

VÉRA BAXTER (*mühsam*): Ja.

DER UNBEKANNTE (*sehr langsam*): Hätte das nicht gesagt werden dürfen?

VÉRA BAXTER: Nein. (*Pause*) Ich habe nachts das Scheckbuch in seinem Schreibtisch angeschaut.

DER UNBEKANNTE (*Pause*): Es war sicher notwendig, das durchzustehen...

VÉRA BAXTER (*Pause*): Ich war unnahbar geworden, außer für ihn, Jean Baxter.

Sehr lange Stille.

DER UNBEKANNTE: Sie wollen sagen, daß Sie Jean Baxter untreu waren.

Véra Baxter versucht plötzlich zu antworten, ohne daß es ihr gelingt. Abnorm lange Pause.

VÉRA BAXTER: Ja...

Wieder sehr lange Stille. Dann spricht sie wieder.

VÉRA BAXTER: Ich bin zu Michel Cayre gegangen, weil es bezahlt wurde. (*Pause*) Das Geld hat erlaubt... nun...

DER UNBEKANNTE (*immer noch sanft*): ... was...?

Zögernde Antwort Véra Baxters.

VÉRA BAXTER (*leise*): ... die Geschichte...

DER UNBEKANNTE (*lange Pause*): Eine Million, sagen Sie?

VÉRA BAXTER: ... ja...

Der Unbekannte hat die letzte Frage – über die Million – mit einer Art Nachlässigkeit gestellt, als wäre die Erzählung, die folgen wird, belanglos in Anbetracht dieses »Teils« der Geschichte, der gerade, doch nur andeutungsweise, erwähnt worden ist.

Die Wohnung von Michel Cayre.

Ein Zimmer, bescheiden.
Frauensachen auf Stühlen.

VÉRA BAXTER (*Off*): Sie waren einander in einem Baccaratclub begegnet. (*Pause*) Er wird es Ihnen erzählt haben?

Keine Antwort. Langsamer Schwenk im leeren Zimmer.

VÉRA BAXTER (*Off*) (*wie aufgesagt*): Michel Cayre hat mich angerufen, er hat zu mir gesagt: »Ich habe letzte Woche Jean Baxter getroffen. Er hat mich gebeten, Sie anzurufen. Sie werden wissen, um was es sich handelt.« (*Pause*) Ich habe gesagt, ja. (*Pause*) Ich bin nachmittags zu ihm gegangen. (*Pause*) Er hat mir geöffnet. Die Wohnung war düster, voller Sachen von der anderen Frau. (*Pause*) Er hat gesagt, er habe zuerst beschlossen, den Scheck von Jean Baxter zu behalten, ohne mich anzurufen, und dann... habe er seine Meinung geändert... er habe Lust gehabt, mich kennenzulernen, wegen dieses Preises, den ich wert war: eine Million.

Stille. Der Schwenk geht weiter: das ungemachte Bett.

VÉRA BAXTER (*Off*): Ich habe gefragt, ob Jean Baxter wisse, um wieviel Uhr das geschehen sollte. Er hat gesagt, er wisse es nicht.

Kamera starr auf dem ungemachten Bett.

VÉRA BAXTER (*Off*): Nachmittags bei Michel Cayre rief jemand an. (*Pause*) Ich habe einen Schrei gehört. Jemand, der rief, dann wurde aufgelegt... ein Mann...

Stille.
Wir kommen zurück in das Wohnzimmer von »Les Colonnades«.

VÉRA BAXTER (*schließt*): Ich sollte Michel Cayre nicht wiedersehen. (*Pause*) Dann hat er wieder angerufen. (*Pause*) Als wäre diese Million unerschöpflich... (*Schweigen*).

Der Unbekannte ist noch immer den Parks zugewandt. Er schweigt. Véra Baxter wendet sich dem Inneren des Hauses zu. Sie scheint plötzlich verstockt, von neuem in einer Art Einsamkeit – sie hört auf, zu diesem Mann, zur Terrasse zu schauen.

VÉRA BAXTER: Sie haben nicht zugehört.

Keine Antwort vom Unbekannten. Stille.

VÉRA BAXTER (*Pause*): Sie haben mich vielleicht nicht gehört...

DER UNBEKANNTE (*Pause*): Ich sah diesen Leuten zu. In der Villa da drüben.

Sie geht nicht darauf ein. Bleibt starr, auf eine Antwort wartend: er kann noch nicht antworten.

VÉRA BAXTER: Hatte Michel Cayre es Ihnen erzählt?

Stille. Zögernde Antwort des Unbekannten.

DER UNBEKANNTE: Michel Cayre hat zu mir von Spielschulden gesprochen. (*Pause*) Aber die Zahl ist dieselbe: eine Million.

Sie wartet wieder, ganz so, als wäre das noch nicht die richtige Antwort.

DER UNBEKANNTE: Ich habe gehört, was Sie gesagt haben.

Die Außenturbulenz vollkommen erleuchtet. Musik und Tanz. Stimmen.

DER UNBEKANNTE: Haben Sie Jean Baxter nicht von diesem Nachmittag bei Michel Cayre erzählt?

VÉRA BAXTER (*Pause*): Nein.

Stille.

DER UNBEKANNTE: Sie hätten es tun sollen. Sie hätten diese Untreue zu Jean Baxter zurückbringen sollen, nicht wahr?

VÉRA BAXTER: Ja.

Stille.

VÉRA BAXTER: Er hat mir keine Frage gestellt, ich wartete darauf, er hat es nicht getan. (*lange Pause*) An jenem Abend…, als er nach Hause kam…, sagte er, daß er sehr müde sei von der Arbeit, er ging in sein Zimmer, er hat nicht zu abend gegessen. Ich erinnere mich, ich habe ferngesehen. Er hatte Angst, daß wir miteinander reden. (*Pause*) Mich zu sehen. (*Pause*) Als die Kinder im Bett waren, ist er weggegangen, ich habe ihn im Flur gehört. (*Pause*) Er muß zum Kartenspielen in einen seiner Clubs gegangen sein… (*Pause*) Mehrere Tage lang haben wir vermieden, uns zu sehen, uns im Haus zu begegnen.

Wir kommen zurück in die Villa. Sie haben sich nicht bewegt.
Véra Baxter beendet – von neuem – ihren Bericht.

VÉRA BAXTER (*plötzliche Ellipse*): Dann bin ich nach Thionville gekommen, um die Villa zu mieten.

Der Unbekannte hat reagiert, er dreht sich jählings zu ihr um, faßt sich gleich wieder. Er spricht sanft, vorsichtig.

DER UNBEKANNTE (*Pause*): Ich hatte verstanden, daß mehr Zeit vergangen war, fast der ganze Winter.

Stille. Keine Antwort von Véra Baxter.

DER UNBEKANNTE: Und daß auch eine Reise stattgefunden hatte, nach Bordeaux, glaube ich, im Oktober.

Sie rührt sich nicht. Sieht ihn nicht an. Stille. Dann spricht sie:

VÉRA BAXTER (*plötzlich fast brutal*): Achten Sie nicht auf das, was ich sage.

DER UNBEKANNTE (*Pause, sanft*): Nein...

Geräusch des Windes. Langes Schweigen.

DER UNBEKANNTE: Der Wind, der wieder aufkommt mit der Nacht.

VÉRA BAXTER (*langsam*): Es ist immer windig.

DER UNBEKANNTE: Außer im August vielleicht?...

VÉRA BAXTER (*langsam, abwesend*): Oh, drei Tage...

Sie erhebt sich von ihrem Stuhl.
Geht im Zimmer umher, ohne Veranlassung. Er sieht sie an.

VÉRA BAXTER: Er geht seit dieser Geschichte oft nach Chantilly, um mich nicht zu behindern, sehen Sie...

DER UNBEKANNTE (*sanft*): Ja.

Stille. Sie schweigt. Sie sieht ihn nicht an.

DER UNBEKANNTE: Ich sehe ihn, Jean Baxter. Ich betrachte Sie, und ich sehe ihn.

Stille. Sie hört zu – wie von weitem.

DER UNBEKANNTE (*leise, sanft*): Michel Cayre sagt: »Jean Baxter hat jene Grazie, die das Geld verleiht.«

Sie sind weit voneinander entfernt. Er sieht sie immer noch an. Stille. Dann spricht sie mechanisch, ausdruckslos.

VÉRA BAXTER: Michel Cayre versteht sich nicht aufs Verdienen.

DER UNBEKANNTE: Ich weiß nicht. Ich kenne ihn nicht.

VÉRA BAXTER (*bekräftigt*): Nein, er versteht sich nicht darauf. (*lange Pause – sie nähert sich dem Abgrund*) Das ist schrecklich... Es ist nie genug. (*Pause*) Schrecklich.

DER UNBEKANNTE (*Pause*): Ja. (*Pause*) Michel Cayre kann sich nicht darauf verstehen.

véra baxter: Nein.

der unbekannte (*Pause*): Er sagt: »Ich habe Geld nie abgelehnt, woher es auch kam. Ich werde es nie ablehnen. (*Zögern*) Auf keinen Fall.«

véra baxter: Ja. (*Pause*) Er hat recht, finde ich.

der unbekannte (*direkt*): Ja.

Stille. Sie sehen hinaus. Sehen sich an.

der unbekannte: Wird Jean Baxter diesen Sommer kommen?

véra baxter: Ich weiß nicht.

der unbekannte: Würde es genügen, wenn Sie ihn darum bäten?

véra baxter (*Pause*): Er wird ein paar Tage kommen... wegen der Kinder. Die übrige Zeit...

der unbekannte: Er geht auf die Balearen, mit einer Frau aus Chantilly?

véra baxter (*erstaunt, aber geht nicht darauf ein*): Das ist möglich. (*Pause*) Wissen Sie... er macht es wie die anderen, er tut, was die anderen tun, seine Kollegen. Er geht, wohin sie gehen... nach Cannes... auf die Balearen. Außer dem Geld... (*bewundernswerte Ehrlichkeit*) Er hat nicht viel Phantasie, sehen Sie... (*direkt, hochmütig*) Er ist gewöhnlich.

Er ist von der Antwort überrascht. Er wendet sich dem Meer zu, kehrt zurück an seinen Platz: nach außen gewandt, das Gesicht ausgelöscht.
Stille.

> DER UNBEKANNTE (*sanft*): Die Parks liegen wieder im Schatten. (*Pause*) Doch der Strand ist noch erhellt, auch das Meer...
>
> VÉRA BAXTER (*fährt fort, wie taub*): Intelligenz – er weiß nicht einmal, was das heißt... Er denkt an nichts..., als würde es sich nicht lohnen. Und mir war das egal, verstehen Sie, mir war sogar lieber... (*jähes Stocken*).
>
> DER UNBEKANNTE (*sanft*): Ja, ich verstehe...

Schweigen, dann fährt sie fort:

> VÉRA BAXTER: Er hat nichts als eben das: Geld... er ist nicht einmal ein Reicher... er hat Geld... das ist alles...

Er dreht sich um zu ihr, sieht sie an.

> DER UNBEKANNTE (*plötzlich direkt*): Und das weiß Jean Baxter selber.

Sie sieht ihn an, überrascht, daß er dies gesagt hat, was sie zwar wußte, was sie sich aber nie *gesagt* hatte.

> VÉRA BAXTER: Ja. So ist es.

Stille. Er schaut von neuem aufs Meer. Jean Baxter wurde beschworen in dem, was sein Wesen ausmacht: seine Demut, seine »Armut« – jenseits der Behäbigkeit, der Dreckschicht, die ihn verbirgt: Geld.
Stille.

DER UNBEKANNTE: Sie sollten kommen und schauen...

Keine Antwort.
Véra Baxter kommt zum Unbekannten und schaut.

Die Sonne geht über dem Hafen unter.
Andere Landschaften – öde – verlassen – in der Umgebung von Thionville. Überall ins Wasser eintauchendes Licht.
Sanfte Stimmen, wie von fern.

VÉRA BAXTER (*Off*): Er weinte.

DER UNBEKANNTE (*Off*): Heute abend?...

VÉRA BAXTER (*Off*): Ja.

DER UNBEKANNTE (*Off*) (*Pause*): Sagte er, daß es sein müsse, daß es ein Verbrechen sei?... (*sehr sanft*)... daß Sie... (*Stocken*)... daß er Sie eines Tages hergäbe?

VÉRA BAXTER (*Off*): Ja. (*Pause*) Das nützte nichts.

DER UNBEKANNTE (*Pause*): Er hatte auch Wetten abgeschlossen. (*er versucht, sich zu erinnern*) Zweimal, glaube ich... nicht? Mit Freunden von ihm.

VÉRA BAXTER (*Off*): Ich weiß es nicht.

DER UNBEKANNTE (*Off*): Vor drei Jahren.

VÉRA BAXTER (*Off*): Ich wußte es nicht. (*Pause*) Erst letzten Sommer, als er Michel Cayre begegnet ist, hat er gefunden, was zu tun sei.

Stille.

DER UNBEKANNTE (*Off*): Hatte er, Jean Baxter, immer eine Geschichte?...

Keine Antwort von Véra Baxter.

DER UNBEKANNTE (*Off*): War er nie ohne eine Geschichte?...

Keine Antwort von Véra Baxter.

DER UNBEKANNTE (*Off*): Und Ihre Geschichten waren jene Jean Baxters?

VÉRA BAXTER (*Off*) (*leise*): Vielleicht... ich weiß nicht mehr... (*sucht, findet*)... Ja.

Stille.

DER UNBEKANNTE (*Off*): Verstanden Sie, daß es sein mußte?

VÉRA BAXTER (*Off*) (*lange Pause*): Manchmal... im Sommer... er verreiste manchmal sehr lange.

Sie sind auf der Terrasse, den Parks gegenüber.
Man sieht sie zusammen. Sie ganz, er mit abgewandtem Gesicht.

>   VÉRA BAXTER: Ich habe gelogen.

Der Unbekannte rührt sich nicht.

>   VÉRA BAXTER: Es war... (*Stocken*).
>
>   DER UNBEKANNTE (*sanft*): Es war nicht im Oktober.
>
>   VÉRA BAXTER: Nein.

Der Unbekannte sagt nichts mehr. Wartet, daß sie spricht.

>   VÉRA BAXTER (*mühsam, langsam*): Es war vor drei Tagen... (*Stocken*)... in Paris. Es war in der Nähe der Place de l'Alma, glaube ich... es regnete... (*Stocken*). Ich habe mich in einem Café untergestellt... auf der Terrasse... und... (*Stocken*) (*Schweigen*).

Der Unbekannte spricht weiter:

>   DER UNBEKANNTE (*langsam*): War es Bernard Fontaine?...
>
>   VÉRA BAXTER: Nein. (*Pause*) Ein anderer. (*Pause*) Ich hatte ihn noch nie gesehen...

Langes Schweigen.

> DER UNBEKANNTE: Er sah niemandem ähnlich...
>
> VÉRA BAXTER: Nein. (*Pause*) Seinen Namen weiß ich nicht.

Sie schauen immer noch auf die Parks.
Sie sehen sich nicht an.
Er läßt es geschehen, läßt die Worte sich aus dem Dunkel herauswinden.

> VÉRA BAXTER (*sehr mühsam*): Sobald er näher kam... (*Stocken*) Wir sind in ein Hotel gegangen... (*Stocken, sehr langsam*) Diesmal...

Man könnte meinen, der Unbekannte höre nicht zu. Er antwortet immer im selben gleichgültigen, neutralen Tonfall.

> DER UNBEKANNTE (*langsam*): Haben Sie ihn wiedergesehen?
>
> VÉRA BAXTER: Nein.
>
> DER UNBEKANNTE: Sie meinen, es lohnte sich nicht...
>
> VÉRA BAXTER (*Pause*): So ist es, ja...

Man hält den Bericht für beendet, doch er geht weiter.

> VÉRA BAXTER (*Pause, mühsam*): Diesmal... hat Jean es geahnt, glaube ich. Abends... (*Stocken*).

DER UNBEKANNTE (*Pause*): Und Michel Cayre?

VÉRA BAXTER: Nein. (*Pause*) Das war vor drei Tagen. Am Vorabend meiner Reise hierher.

Langes Schweigen des Unbekannten und Véra Baxters angesichts der Wahrheit, die endlich gesagt worden ist. Dann spricht der Unbekannte:

DER UNBEKANNTE: Das ist merkwürdig... dieser Schmerz... als Sie erzählt haben... *da*.

Er dreht sich kaum um, legt die Hand auf die Brust.
Sehr leichtes, schmerzliches Lächeln.
Sie schweigt.

DER UNBEKANNTE (*fährt fort*): Als hätte ich Sie meinerseits verloren.

Sie antwortet nicht.
Überall Stille. Hier und draußen.
Stille wie ein Ereignis.
Dann von neuem ein »Zwischenfall« draußen, sei es auf dem Meer, ein vorbeifahrendes Boot, sei es in den Parks, Geschrei oder ein Lied der Außenturbulenz. Dann versinkt alles wieder in Schweigen.

DER UNBEKANNTE (*Schmerz*): Das Licht schwindet. Sehen Sie das Meer an.

VÉRA BAXTER: Fast schwarz.

Von neuem Stille.

Langsam, aber wie unter dem Eindruck einer unerträglichen Vision dreht Véra Baxter sich um und verläßt die Terrasse, verschwindet im Innern von »Les Colonnades«. Er hat sich nicht gerührt.
Immer noch Stille. Langsam, mit dem Rücken zu uns, immer noch ohne Gesicht, spricht dann der Unbekannte ein letztes Mal von Jean Baxter.

>   DER UNBEKANNTE (*sanft*): Er ist sehr jung geblieben, Jean Baxter... nicht? Er kann nicht leiden... stimmt's?

Stille. Keine Antwort von Véra Baxter.

>   DER UNBEKANNTE: In gleicher Weise muß er aus Leibeskräften glücklich sein... nicht?

Keine Antwort von Véra Baxter.

>   DER UNBEKANNTE (*sanft*): Sie hatten recht. (*Pause*) Er hat sich geirrt. Wir haben uns alle geirrt. (*Pause*) Er wußte nichts von jenem Abend.

Stille. Keine Antwort von Véra Baxter.

>   DER UNBEKANNTE: Der Schmerz mußte seit Tagen und Tagen warten... und dann haben Sie *geredet*...

Keine Antwort. Stille.

>   DER UNBEKANNTE: Zweifellos wird etwas davon

übrigbleiben bei Jean Baxter... weniger Kindlichkeit vielleicht... (*er zögert*) weniger Unschuld...

Keine Antwort. Stille.

> DER UNBEKANNTE: Es ist merkwürdig, ja, ich sehe ihn besser als jenen Mann im Hotel... (*Pause*) Jean Baxter, der Mann mit dem Geld. (*Lächeln*) Dieser Verlorene, dieser Hampelmann. (*Pause*).

Stille.
Véra Baxter, den Kopf in den Händen vergraben, neben dem Telefon auf dem Boden kauernd. Stille.

> DER UNBEKANNTE (*Off*): Sie sollten kommen und schauen. Die Sonne versinkt im Meer. Nur noch der Hafen ist beleuchtet.

Véra Baxter dreht sich um. Schaut nicht.
Sie weint nicht.

Über der Dünung der Sonnenuntergang. Plötzlich grelle Farben. Im Park leere Wege. Die Farbe breitet sich in diesen leeren Parks aus wie eine Flut.

Immer noch in derselben Pose Véra Baxter. Sie schaut nicht. Gesenkte Augen, als erinnerte sie sich:

> VÉRA BAXTER (*langsam*): Im Sommer ist es manchmal wie eine Feuersbrunst...

Er sieht immer noch dem Sonnenuntergang zu.
Sanftheit.

> DER UNBEKANNTE: Trotzdem spürt man den Winter durch die Farben hindurch... (*lange Pause*) Wie das Wetter auch ist, um diese Zeit herrscht immer Windstille.
>
> VÉRA BAXTER (*Pause*): Ich glaube auch.

Langsam steht sie auf. Sieht um sich.
Weit weg eine Sirene. Sie horcht. Tot.

> DER UNBEKANNTE: Das ist die Sirene der Munitionsarbeiterinnen. (*Pause*) Es ist sechs Uhr (*Schweigen*).
>
> VÉRA BAXTER (*absurde, unangebrachte Klage*): Das Maklerbüro müßte anrufen... ich verstehe das nicht. (*Pause*) Sie werden die Besitzer nicht erreicht haben... Wie lange das dauert...

Keine Antwort. Stille.

> VÉRA BAXTER: Wir fahren. Wir fahren zum Maklerbüro, wenn es Ihnen recht ist...
>
> DER UNBEKANNTE (*Pause, direkt*): Das ist nicht nötig. (*Pause*) Das Haus ist schon gemietet. Es ist bereits geschehen.

Stille. Keine Antwort von Véra Baxter.

DER UNBEKANNTE: Jean Baxter hat es gestern morgen gemietet. (*Pause*) Das Maklerbüro weiß Bescheid. (*Pause*) Der Scheck ist ausgestellt, bereits unterwegs.

Aufrecht in der Mitte des Zimmers, allein (er ist auf der Terrasse), hört sie der Geschichte zu.
Sie hört gleichgültig zu, wie sie es bei einer ihrem Leben äußerlichen Geschichte täte.

DER UNBEKANNTE (*erzählt weiter*): Michel Cayre hat heute morgen im Hôtel de Paris Monique Combès gesehen, sie hat es ihm gesagt.

Lange Stille. Sie schweigen. Und dann wird von Véra Baxter eine letzte Frage gestellt, mechanisch.

VÉRA BAXTER: Haben sie den Preis gesagt?

DER UNBEKANNTE (*Pause*): Enorm, wie es scheint. Das ist Monique Combès' Wort.

VÉRA BAXTER (*Pause*): Wieviel?

DER UNBEKANNTE: Sie wußte es nicht.

Stille. Dann wird alles trübe, könnte man meinen. Véra Baxter betrachtet die Villa, bewegt sich und klagt.

VÉRA BAXTER (*lange Klage, wie im Schlaf*): Dieses Haus... Die Tageszeit läßt es so traurig erscheinen, glauben Sie nicht? (*Pause*) Die Parks machen angst. (*Pause*) Die Dämmerung hier an dieser Küste ist traurig... und von hier aus sieht man sie (*Gebärde*) vollständig...

DER UNBEKANNTE (*Pause*): Diese Tageszeit ist überall schwierig...

VÉRA BAXTER: Ja.

Sie dreht sich um, blickt wieder um sich.

VÉRA BAXTER: Es gehört Leuten aus Rouen. Den Jacquements. Sie sind mehr oder weniger getrennt. Sie haben das bauen lassen und dann... (*ziemlich langes Schweigen*). Vor ein paar Jahren muß hier etwas vorgefallen sein... ich erinnere mich nicht richtig... Die Frau hat versucht, sich umzubringen, oder man hat versucht, sie umzubringen... (*Stokken*).

Sie schweigt. Stille. Dann betrachtet sie wieder dieses Haus um sich.

VÉRA BAXTER (*einsame Klage*): Es ist, als hätte ich es seit Monaten bewohnt...

Keine Antwort vom Unbekannten.

VÉRA BAXTER (*fährt fort*): Es sei denn, ich lasse es... (*Pause*) Falls... (*Stocken*) bliebe es leer und vermietet?

Er antwortet nicht. Läßt die einsamen Worte sich entwinden.

VÉRA BAXTER: Ich kann noch alles rückgängig machen. (*Stocken*) Zum Maklerbüro gehen, sagen, daß ich meine Meinung geändert habe...

Sie sieht den Unbekannten an. Vergißt ihn dann, möchte man meinen.

VÉRA BAXTER: Aber die Kinder? Wo sollen sie hin? (*Pause*) Christine müßte eigentlich nach England... da wäre nur noch Irène...

Sie bemerkt, daß er sie ansieht.
Sie wartet, daß er spricht.

DER UNBEKANNTE: Die Jüngste?

VÉRA BAXTER (*Schmerz, plötzliches Losreißen*): Ja. (*Pause, Heftigkeit*) Ich trenne mich noch schwer von ihr. (*lange Pause*) Sie ist schwierig, verstockt... auch oft traurig... sie lügt... kleine Lügen, sehen Sie, aber man versteht nicht, warum... Jean sagt, es sei nichts... mir macht es angst... (*Stocken*).

Sie hat, indem sie von diesem Kind sprach, über sich selbst gesprochen, sie weiß es nicht. Der Unbekannte sieht sie an. Langsam, wie die Dunkelheit, bemächtigt sich die Angst des Ortes. Sie sieht ihn an, als erwartete sie Hilfe. Stellt ihn dann bloß.

VÉRA BAXTER: Michel Cayre ist abgereist, nicht wahr?

DER UNBEKANNTE: Ja.

Stille. Sie sehen sich an.

VÉRA BAXTER: Er war schon abgereist, als Sie hierhergekommen sind?

DER UNBEKANNTE: Ja. (*Pause*) Ich bin von selber gekommen nach seiner Abreise.

Sie sieht ihn immer noch an, ganz und gar in diesem Blick.

VÉRA BAXTER: Warum?

DER UNBEKANNTE: Wegen Ihres Namens, glaube ich. (*schließt die Augen, sucht*) Seit er dort im Hôtel de Paris zum erstenmal ausgesprochen worden ist, hatte ich Lust zu sehen, wer ihn trägt. (*Pause*) Nur wegen dieser beiden Wörter (*Pause*): Véra (*Pause*) Baxter (*Pause*). Wegen dieses Namens.

VÉRA BAXTER (*wiederholt ihren Namen, als hörte sie ihn zum erstenmal*): Véra Baxter.

DER UNBEKANNTE: Ja. (*Pause*) Ich habe ihn wiedererkannt. (*Pause*) Erinnern Sie sich?

VÉRA BAXTER (*verfällt dem Wahnsinn, ohne es zu spüren*): Nein.

DER UNBEKANNTE: Das war vor tausend Jahren, nicht hier, in jenen Wäldern am Atlantik, da gab es Frauen...

Das Meer. Nacht. Darüber, wild, die kompakte Masse in Finsternis getauchter Wälder. Die Kamera schwenkt über das Meer und den Wald. Schwarze Tinte einer tausendjährigen Nacht.

> DER UNBEKANNTE: ... die Männer waren fast immer weit weg, im Krieg des Herrn, beim Kreuzzug, und die Frauen blieben zuweilen monatelang in ihrer Hütte, allein mitten im Wald, und warteten. (*Pause*) Und so fingen sie an, zu den Bäumen zu sprechen, zum Meer, zu den Tieren des Waldes...
>
> VÉRA BAXTER (*Off*) (*Pause, erinnert sich*): Hat man sie verbrannt?...
>
> DER UNBEKANNTE: So ist es, ja. (*Pause*) Eine von ihnen hieß Véra Baxter...

Wir finden sie an derselben Stelle wieder, in der zunehmenden Dunkelheit, vor der Terrasse, den Parks gegenüber. Sie sehen sich an.
Gemeinsame Angst. Vielleicht Angst vor der Liebe. Sie sieht ihn immer noch an.
Er wendet den Kopf nach draußen, der Außenturbulenz zu.

> VÉRA BAXTER (*dumpfe Heftigkeit*): Ich kann nichts mehr wollen.
>
> DER UNBEKANNTE (*Pause*): Sie konnten sterben wollen. (*lange Pause*) Das ist allerdings von allem Wollen das leichteste.

Ganz allmählich verlassen wir sie, um die Parks anzuschauen. Schmerz. Überall Schmerz. Überall. Im düsteren Licht. Die Worte.

VÉRA BAXTER: Sie, Sie konnten es einmal.

Keine Antwort des Unbekannten.

VÉRA BAXTER: Sobald Sie geredet haben (*Stocken*), habe ich geahnt (*Stocken*), daß auch Sie... einmal... sterben wollten.

DER UNBEKANNTE: Das ist eine mögliche Identität (*Pause*), die ich vielleicht für Sie bewahren werde.

Keine Antwort von Véra Baxter.
Aus der Villa – der der Außenturbulenz – gehen nach und nach die jungen Leute weg. Manche tragen Gitarren. Stimmen auf den Wegen.
Die Villa hinter ihnen bleibt offen, vollkommen erleuchtet. Sie entfernen sich. Immer aus der Distanz der Terrasse gesehen. Wir warten, daß sie verschwinden: daß, was die Außenturbulenz war, sich vollständig auflöst: ein ebenfalls herzzerreißendes Ende.
Nach und nach entfernen sich die Grüppchen.
Stille. Das war's: die Turbulenz hat sich verflüchtigt.
Die Parks sind jetzt verlassen. Mitten drin diese erleuchtete und leere Villa.

Wir finden sie an derselben Stelle wieder. Immer noch regungslos. Sie hat geweint, möchte man meinen, während des Verschwindens der Außenturbulenz.

VÉRA BAXTER: Wir werden jetzt sehr schnell im Dunkeln sein. Hier ist der Strom abgestellt.

Keine Antwort des Unbekannten.
Sie bewegt sich als erste, sie geht zur Terrasse.

VÉRA BAXTER (*ebenfalls tausendjährige Gebärde*): Wir wollen schließen...

DER UNBEKANNTE (*sanft*): Warum?...

VÉRA BAXTER (*bleibt stehen*): Es wird Nacht...

DER UNBEKANNTE: Es ist nicht nötig, glaube ich.

VÉRA BAXTER: Aber...

DER UNBEKANNTE: Wie Sie wollen...

Sie kommt wieder zurück. Langsame Gesten. Sie holt ihren Mantel, ihre Tasche. Er bewegt sich seinerseits. Sie sprechen langsam, wie nach der Angst.

DER UNBEKANNTE: In Paris war es heute auch schön.

VÉRA BAXTER: Morgens hat es, glaube ich, geregnet.

Das war's: sie geht zur Tür. Er ist neben ihr. Schweigen. Dann spricht sie.

VÉRA BAXTER: Wir fuhren immer an die Atlantikstrände.

DER UNBEKANNTE: Eine Gewohnheit.

VÉRA BAXTER: Ja. Es wäre so weitergegangen, glaube ich... Immer hierher... Er mochte nur den Atlantik...

DER UNBEKANNTE: Und Sie?

VÉRA BAXTER: Ich hatte keine Meinung.

Leichtes Innehalten, letzter Blick, als hätte sie etwas vergessen.
Dann geht sie weiter. Der Unbekannte folgt ihr.
Das war's. Sie geht hinaus. Reißt sich los von »Les Colonnades«. Sie gehen hinaus.
Es ist unmerklich geschehen, sie hat wohl nicht wahrgenommen, daß sie *hinausging*.
Man hört ihre Stimmen, bereits draußen, weit weg.

VÉRA BAXTER (*Off*): Es ist schön auf den Balearen, glaube ich.

DER UNBEKANNTE (*Off*): Ich kenne sie nicht...

Wir bleiben in der offenen Tür. In der Ferne, wie eine Feuersbrunst in der dunklen Masse der Parks, die erleuchtete Villa der Außenturbulenz.

Baxter Véra Baxter

Véra Baxter kam aus dem Internat, als sie Jean Baxter heiratete. Das war ein Freund ihrer Brüder, sie hatte ihn immer schon gekannt. Sie war zwanzig.
Seit dieser Hochzeit sind, bis zum Film, achtzehn Jahre vergangen. Sie hat drei Kinder bekommen. Bei der Geburt von Christine ruinierte sich Jean Baxter zum erstenmal. Bei der Geburt von Marc kam das Geld dann wieder. Um dann von neuem zu fehlen. Um dann noch einmal wiederzukommen.
In der Zeit, in der der Film spielt, gibt es bei den Baxters Geld. Es gibt viel. So daß sie eine Million für eine Sommervilla im August bezahlen können. Véra Baxter ist achtunddreißig.
Von dem Leben, das Véra Baxter bis dahin geführt hat, könnte man sagen, daß es durchsetzt ist von Zahlen, von Daten, von chiffrierten, datierten Anhaltspunkten. Und dem üblichen Ereignisrepertoire zufolge könnte man sogar sagen, daß dieses Leben sich nur in bilanztechnischen Begriffen ausdrückt.
In der Tat ist Véra Baxter nichts widerfahren, außer daß sie achtzehn Jahre lang ihren Mann treu geliebt hat. Für manch einen besteht das Ereignis hier in dieser Dauer. Für andere wiederum ist es die Immoralität dieser Liebe, der Liebe zu einem Mann, von dem Véra Baxter selbst uns mitteilt, daß er »gewöhnlich, ohne Phantasie«, ein notorischer Dieb, Spieler, Frauenheld ist, der nichts anderes hat, sagt sie, nichts anderes als: Geld. Der es, fügt

sie hinzu, jedoch *weiß*. Der diese Eigenschaft hat, es selber zu wissen.

Bis zum Film war er es, Jean Baxter, der das Unvermeidliche tat und draußen das Begehren schöpfte, um es zum Paar zurückzutragen. Er allein, der bisher das frische Begehren des Neuen mitgebracht und damit die Ehe gespeist hat – und zwar auf geheimen Wegen, die jeder Analyse trotzen, seien sie auch die gängigste Praxis.

Sie, nein, sie geht nicht hinaus.

Sie bleibt zu Hause mit den Kindern, den Dienstmädchen und den Putzfrauen. Dieser Gesellschaft verdankt sie zweifellos jenes einfache, fast mühsame, ihr wie abgenötigte Sprechen, jene Ungefälligkeit, jene Schwierigkeit, sich aus dem Schweigen zu lösen.

Véra Baxter hat auch viel gewartet in ihrer Wohnung in Malesherbes oder Passy. Denn oft verreiste er mit Frauen, denen er begegnete – und von denen er jedesmal glaubte, sie wären die seines Lebens. Jedesmal verreiste er, ohne Bescheid zu sagen. Und sie, sie wartete jedesmal mit Schrecken. Bisher, sagt sie, hat er nach ein paar Tagen, manchmal nach drei Tagen, manchmal nach vier Tagen immer wieder begonnen anzurufen. In diesen Fällen hat sich die Dauerhaftigkeit des Paares indessen stets erwiesen. Wenn Jean Baxter verreiste, schickte er seiner Frau Schecks. Wie andere es mit falschen Telegrammen oder Lügenbriefen tun. Nie hat er vergessen, das Zeichen zu schicken, daß die Ehe irgendwo weiterging: Geld. Das gemeinsame Geld.

Wir halten uns hier natürlich an die institutionelle Erscheinung der Ehe. Wir versuchen nie, an die ökonomischen, geschlossenen Orte dieser Dauer vorzudringen.

Wer an Leidenschaft denkt und davon spricht, sollte das Haus Baxter fliehen. Hier geschieht nichts Heroisches, nichts Beispielhaftes, nichts Klares. Nichts. Nichts als diese gleichförmige Dauer, die geradewegs auf den Tod zugeht. Eine Dauer, die nichts von sich weiß. Regungslos. Die ein gemeinsames Grab mit der Leidenschaft, dem Schweigen teilt. Nie benanntes Schweigen. Nie benannte Leidenschaft, um so mehr *gelebt,* als sie sich schuldig fühlt, bedroht von einer geltenden Moral des Paares – einer von außerhalb der Leidenschaft verfügten Moral –, die auf Sterilität beruht: auf dem wahnsinnigen Mangel, immer zu lieben.

Ich weiß nicht, wer die von Treue befallene Véra Baxter ist, die die Leidenschaft lebt wie andere das Verbrechen, und die sich durch jenen naiven Faschismus einer neuen Befreiungsmoral als Verräterin an einer herrschenden theoretischen Freiheit verurteilt weiß.

Ich verurteile sie nicht. Ich glaube, sie nicht verurteilt zu haben.

Es bedarf – noch glaubte ich es – eines Endes: eines Tages wünscht Jean Baxter, daß andere als er den Körper seiner Frau berühren, daß er geteilt, aus der Ehe hinaus auf die Straße geworfen, den anderen ausgeliefert, bekannt werde, damit andere von ihm Kenntnis nehmen wie er, allein durch die Stimme dieses Körpers, das Begehren. Er möchte, daß das Begehren Véra Baxters sich ausdehnt, über das Paar hinausgeht und um eine zusätzliche Erfahrung reicher zum Paar zurückkehrt: daß sie sich in gewisser Weise durch die Trennung selbst – als

wären sie trennbar – wieder vereinigen in einem widersprüchlichen und von ihm erfundenen Schmerz. Er erfindet also den Schmerz, von Véra Baxter, seiner Frau, verlassen zu werden.
Véra Baxter ist nicht schön. Sie ist eine Frau, die schweigt, die man nicht *sieht*. Unfähig zu dem Versuch, zu gefallen, in Erscheinung zu treten. Jean Baxter sieht sich also gezwungen, seine Frau zu verkaufen, damit sie ehebrüchig wird. Er hat die Mittel dazu. Er tut es. Er verkauft sie sehr teuer. Die Summe entspricht der Miete für eine Sommervilla. Der Preis macht stutzig. Warum ist diese Frau, die man nicht sieht, so viel wert? Es wirkt also. Und Véra Baxter wird auf Befehl ihres Mannes ehebrüchig. Nichts wurde vorher gesagt. Nichts wird danach gesagt werden.

M. D.

Die Wege der fröhlichen Verzweiflung

– *Diese Véra Baxter im Film, wer ist das?*
– Das ist eine entsetzliche Frau, ihrer Treue ausgeliefert. Vielleicht ist sie ein hoffnungsloser Fall. Was ich weiß, was wir alle wissen, ist, daß es diesen Fall gibt. Sie ist entsetzlich wegen ihrer eindeutigen Berufung zur Ehe, zur Treue. Doch irre ich mich nicht, ist das Begehren nicht das Begehren eines einzigen Wesens? Ist das Begehren nicht das Gegenteil der Verzettelung des Begehrens?

Was ich von Véra Baxter weiß, ist, daß ihr Leben vollkommen beruhigend, normal aussieht, daß sie als die perfekte Frau und Mutter anerkannt sein sollte, und zwar über alle Grenzen hinweg, und daß sie mir angst macht. Nicht die Frau aus *Der Lastwagen* macht mir angst, sondern Véra Baxter. Die Frau aus *Der Lastwagen* ist von keiner Identität eingegrenzt. Sie hat mit allen möglichen Identitäten gebrochen, sie ist nur noch eine Tramperin. Manche verfügen über eine marxistische oder sonstige theoretische Praxis. Sie verfügt über die Praxis des Trampens.

Vor dem Film ist Véra Baxter scheinbar ohne jeden Ausweg. Vor dem Film ist sie, wenn man so will, eine Liebeskranke. Mit dem Film stößt Véra Baxter etwas zu. Es ist das Begehren. Der Umstand, daß Jean Baxter einen Unbekannten bezahlt hat, damit seine Frau ihre Treue zu ihm aufgibt, hat mit dem Begehren zu tun. Der bezahlte Ehebruch Véra Baxters sollte das Begehren des

Paares rentabel machen. Doch das erwartete Ergebnis ist nicht eingetreten. Véra Baxter, in die Prostitution entlassen, ob bezahlt oder nicht, wird nie mehr zu Jean Baxter zurückkehren. Vielleicht wird sie daran sterben. Ich meine, sie wird daran sterben, daß sie nicht mehr denselben Mann bis zu ihrem Tod liebt. Ich glaube, sie will sich umbringen, einfach weil es möglich ist, nicht mehr das ganze Leben lang denselben Mann zu lieben. Darin liegt wahrscheinlich das Archaische Véra Baxters. Es gibt auf der Welt Millionen dieser Frauen aus den Wäldern des Mittelalters, die in unsere Zeit versetzt wurden.

Ich glaube, wenn Véra Baxter der Frau aus *Der Lastwagen* begegnete, hätte sie Angst vor ihr, aber sie verweise sie nicht in die politischen oder mentalen Kategorien, in die sie der Fahrer von *Der Lastwagen* verweist. Was sie beide Gemeinsames und zweifellos Unabänderliches haben, ist die Liebe. Von der Liebe Véra Baxters zu ihren Kindern, ihrem Mann, haben wir schon seit langem reden hören. Die unförmige, unordentliche, gefährliche der Frau aus *Der Lastwagen* kennen wir schon weniger. Ein Kind lieben oder alle Kinder lieben, lebendige oder tote, das läuft irgendwo auf dasselbe hinaus. Einen Gauner lieben, der niederer Herkunft, aber bescheiden ist, oder einen ehrlichen Mann, der sich dafür hält, das läuft auch auf dasselbe hinaus.

Das Gespräch führte *Claire Devarrieux*.
Le Monde, 16. Juni 1977

edition suhrkamp. Neue Folge

198 Franz Böni, Der Johanniterlauf
199 Ngũgĩ wa Thiong'o, Der gekreuzigte Teufel
200 Walter Benjamin, Das Passagen-Werk. Hg. v. Rolf Tiedemann. Zwei Bände
201 Jugend und Kriminalität. Hg. v. Horst Schüler-Springorum
202 Friederike Mayröcker, Magische Blätter
203 Manfred Frank, Was ist Neostrukturalismus?
204 Chie Nakane, Die Struktur der japanischen Gesellschaft
205 Marguerite Duras, Sommer 1980
206 Roland Barthes, Michelet
207 Julius Posener, Geschichte der Architektur im 20. Jahrhundert
208 Grace Paley, Veränderungen in letzter Minute
209 Kindheit in Europa. Hg. v. Heinz Hengst
210 Stanley J. Stein/Barbara H. Stein, Das koloniale Erbe Lateinamerikas
211 Naturplan und Verfallskritik. Zu Begriff und Geschichte der Kultur. Hg. v. Helmut Brackert u. Fritz Wefelmeyer
212 Arbeitslosigkeit in der Arbeitsgesellschaft. Hg. v. Wolfgang Bonß u. Rolf G. Heinze
213 Tzvetan Todorov, Die Eroberung Amerikas
214 Ziviler Ungehorsam im Rechtsstaat. Hg. v. Peter Glotz
215 Peter Weiss, Der neue Prozeß
216 Ein Jahrhundert geht zu Ende. Hg. v. Karl Dedecius
217 Luise F. Pusch, Das Deutsche als Männersprache
218 Alfred Sohn-Rethel, Soziologische Theorie der Erkenntnis
219 Randzonen. Interviews – Kurzgeschichten. Hg. von Judith Ammann
220 Claude Lévi-Strauss / Jean-Pierre Vernant u. a., Mythos ohne Illusion
221 Christiaan L. Hart Nibbrig, Der Aufstand der Sinne im Käfig des Textes
222 V-Leute – Die Falle im Rechtsstaat. Hg. v. Klaus Lüderssen
223 Tilman Moser, Eine fast normale Familie
224 Juan Goytisolo, Dissidenten
225 Alice Schwarzer, Lohn: Liebe. Zum Wert der Frauenarbeit
226 Paul Veyne, Glaubten die Griechen an ihre Mythen?
227 Thank you good night. Hg. v. Bodo Morshäuser

228 »Hauptsache, ich habe meine Arbeit«. Hg. v. Rainer Zoll
229 »Mit uns zieht die neue Zeit«. Hg. v. Thomas Koebner
230 Gregorio Condori Mamani, »Sie wollen nur, daß man ihnen dient ...«
231 Paul Feyerabend, Wissenschaft als Kunst
232 Meret Oppenheim, Husch, husch der schönste Vokal entleert sich. Hg. v. Christiane Meyer-Thoss
233 Politik der Armut. Hg. von Stephan Leibfried u. Florian Tennstedt
234 Die Ökologie des Körpers. Hg. v. R. Erben, P. Franzkowiak, E. Wenzel
235 Die wilde Seele. Hg. von Hans Peter Duerr
236 Ignácio de Loyola Brandão, Kein Land wie dieses
237 Gerold Foidl, Scheinbare Nähe
238 Kriegsursachen. Red. Reiner Steinweg
239 Reform und Resignation. Gespräche über Franz L. Neumann. Hg. v. Rainer Erd
240 Tim Guldimann, Moral und Herrschaft in der Sowjetunion
241 Werner Abelshauser, Wirtschaftsgeschichte der Bundesrepublik Deutschland 1945-1980
242 Dirk Blasius, Geschichte der politischen Kriminalität in Deutschland 1800-1980
243 Kurt Kluxen, Geschichte und Problematik des Parlamentarismus
244 Peter Marschalck, Bevölkerungsgeschichte Deutschlands im 19. und 20. Jahrhundert
245 Wolfgang Wippermann, Europäischer Faschismus im Vergleich 1922-1982
246 Michael Geyer, Deutsche Rüstungspolitik 1860-1980
247 Volker Hentschel, Geschichte der deutschen Sozialpolitik 1880-1980
248 Detlef Lehnert, Sozialdemokratie zwischen Protestbewegung und Regierungspartei 1848-1983
249 Jürgen Reulecke, Geschichte der Urbanisierung in Deutschland
250 Peter Alter, Nationalismus
251 Margret Kraul, Das deutsche Gymnasium 1780-1980
252 Manfred Botzenhart, Reform, Restauration, Krise. Deutschland 1789-1848
253 Jens Flemming, Deutscher Konservatismus 1780-1980
254 Hans-Ulrich Wehler, Grundzüge der amerikanischen Außenpolitik 1750-1900

255 Heide Wunder, Bäuerliche Gesellschaft in Deutschland 1524–1789
256 Albert Wirz, Sklaverei und kapitalistisches Weltsystem
257 Helmut Berding, Antisemitismus in Deutschland 1870–1980
258 Konrad H. Jarausch, Deutsche Studenten 1800–1970
259 Josef Mooser, Arbeiterleben in Deutschland 1900–1970
260 Dietrich Staritz, Geschichte der DDR 1949–1984
261 Gilbert Ziebura, Weltwirtschaft und Weltpolitik 1922/24–1931
262 Ulrich Kluge, Die Deutsche Revolution 1918/1919
263 Horst Dippel, Die Amerikanische Revolution 1763–1787
264 Karl-Egon Lönne, Politischer Katholizismus
265 Volker R. Berghahn, Unternehmer und Politik in der Bundesrepublik
266 Wolfram Siemann, Die Revolution 1848/49 in Deutschland
267 Dietrich Thränhardt, Geschichte der Bundesrepublik 1949–1984
268 Peter Christian Witt, Die deutsche Inflation 1914–1924
269 Horst Möller, Deutsche Aufklärung 1740–1815
270 Gotthard Jasper, Von der Auflösung der Weimarer Republik zum NS-Regime
271 Klaus J. Bade, Europäischer Imperialismus im Vergleich
272 Dieter Grimm, Deutsche Verfassungsgeschichte 1803–1980
273 Hanna Schissler, Geschichte des preußischen Junkertums
274 Jürgen von Kruedener, Deutsche Finanzpolitik 1871–1980
275 Rüdiger vom Bruch, Deutsche Universitäten 1734–1980
276 Reinhard Sieder, Geschichte der Familie
277 Heinz-Günther Reif, Sozialgeschichte des deutschen Adels
278 Michael Mitterauer, Sozialgeschichte der Jugend
279 Hans-Christoph Schröder, Die Englische Revolution 1640–1688
280 Ernst Hinrichs, Die Französische Revolution 1789
281 Bernd Wunder, Geschichte der deutschen Bürokratie
282 Wolfgang Hardtwig, Vereinswesen in Deutschland 1780–1980
283 Hans-Peter Ullmann, Wirtschaftliche und politische Interessenverbände in Deutschland 1870–1980
284 Ute Frevert, Geschichte der deutschen Frauenbewegung
285 Hartmut Kaelble, Europäische Sozialgeschichte 1880–1980
286 Dieter Langewiesche, Deutscher Liberalismus
287 Klaus Schönhoven, Deutsche Gewerkschaften 1860–1980
288 Martin Greschat, Politischer Protestantismus

290 Octavio Paz, Zwiesprache
291 Franz Xaver Kroetz, Furcht und Hoffnung der BRD
292 Wolfgang Hildesheimer, The Jewishness of Mr. Bloom/ Das Jüdische an Mr. Bloom. Engl./Dt.
293 György Konrád, Antipolitik
294 Alexander Kluge, Neue Geschichten
295 Reto Hänny, Ruch
296 Atomkriegsfolgen. Der Bericht des »Office of Technology Assessment«
297 Peter Sloterdijks »Kritik der zynischen Vernunft«
298 Die Selbstbehauptung Europas. Hg. von Willy Brandt
299 Konrad Wünsche, Der Volksschullehrer Ludwig Wittgenstein
300 edition suhrkamp. Ein Lesebuch